www.tredition.de

AF198120

Riccardo Rilli

Der Kugelschreiber

Eine klassische Heldenreise

www.tredition.de

© 2016 Riccardo Rilli
Umschlag, Illustration: Richard Götz
Lektorat, Korrektorat: Richard Götz

Verlag: tredition GmbH, Hamburg

ISBN
Paperback   978-3-7345-5826-9
Hardcover   978-3-7345-5827-6
e-Book   978-3-7380-2404-3

Printed in Germany

Die kursiv gedruckten Zitate am Beginn der Abschnitte sind aus der Definition einer Heldenreise von Joseph Campbell (1904-1987).

Inhaltsverzeichnis

PROLOG

Ich erzähle Ihnen eine Geschichte. Eine, die ich soeben erlebte und die mich auf die Frage brachte: Bin ich ein Held?

Per Definition sind Helden Personen mit herausragenden Eigenschaften. Mit Hilfe seiner Fähigkeiten vollbringt er Leistungen, die kein anderer zustande bringt. Heldentaten. Der Recke ist schön, stark und geschickt. Oder er besitzt geistige Kompetenzen, die jenen der Normalsterblichen überlegen sind. Eine weitere Deutung besagt, dass Helden Taten für andere, oder für eine bestimmte Idee vollbringen. Letztere ist, meiner Meinung nach, differenziert zu sehen. Kriegshelden, zum Beispiel, gaben ihr Leben für andere. Für eine Vorstellung, die nicht die ihre war. Sie fielen, weil sie in den Krieg gezwungen wurden. Sie opferten sich weder heldenhaft noch freiwillig. Ohne die Leistungen herabwürdigen zu wollen, sind sie per Definition echte Helden? Was ist mit den Helden des Alltags? Die meisten haben keine herausragend hübsche Gestalt oder besondere Stärke. Sie besitzen keines der körperlichen Attribute, die man Recken nachsagt. Ihre Taten sind das Ergebnis von Einsatzbereitschaft, Aufopferung und Mitgefühl. Was, wenn jene Eigenschaften ebenfalls fehlen? Wenn der vermeintliche Held weder anatomisch ansprechend, noch charakterlich vorzeigbar ist? Womit wir bei mir wären.

Ich bin zweiundvierzig Jahre und Single. Ich bin kein Scheusal. Ich fände eine Frau, wenn ich wollte. Das Leben mit einem Mädchen zu teilen, ist eine unerträgliche Vorstellung. Tagein, tagaus wäre jemand um meine Person herum. Beobachtete mich und gäbe Ratschläge. Wie die Arbeitskollegen. Ich arbeite in einem Amtsgebäude mit über sechshundert Mitarbeitern. Es vergeht nicht ein Tag, an dem Kollegen oder Kolleginnen kommen, die Dinge von mir brauchen. Ich habe nichts gegen sie. Ich verabscheue Menschen grundsätzlich. Gott sei Dank gibt es das Zimmer, in das ich mich zurückziehen kann. Ich bin nicht in der Lage mir vorzustellen, warum die Leute mit mir sprechen. Mein Verhalten ist unauffällig, das Äußere nicht aufdringlich. Ich bin klein, dünn und trage blaue Jeans, Hemd und weiße Turnschuhe. Die kurzen, dunklen Haare frisiere ich zu einem Seitenscheitel, der Flaum in meinem Gesicht stellt einen Dreitagebart dar. Ein Durchschnittstyp. Ich spreche niemand an,

stelle keine Fragen und erledige die mir aufge-
tragene Arbeit als Sachbearbeiter mit Ruhe
und Verlässlichkeit. Punkt. Mehr gibt es über
mich nicht zu sagen.

Wie komme ich, mit diesen Voraussetzungen,
auf den Gedanken, ich wäre ein Held?
Unabhängig der Beschreibung einer helden-
haften Gestalt muss eine Person, die als Ideal
gelten will, eine Heldenreise durchmachen. Er
hat Taten zu vollbringen, die ihn auszeichnen.
Jene Handlungen erfordern eine Darstellung.
Das Konzept der Heldenreise ist ein Grund-
muster von Mythologien. Es existiert seit dem
Mittelalter. Bis heute unverändert wird es von
vielen Autoren und Filmemachern als Basis
ihrer Arbeit herangezogen. Was ist eine Heldenreise? Was macht sie aus? Ist jede Person,
die eine solche Reise übersteht, automatisch
ein Held? Es gibt mehrere Ansätze über die
Gliederung einer Heldenreise. Einer ist von
Joseph Campbell, einem amerikanischen Pro-
fessor und Schriftsteller im Bereich der Mytho-
logie, der das Motiv erforschte. Er teilt die
Reise in zwölf Abschnitte, die bestimmte
Handlungen beinhalten müssen. Wenn man
ebendiese Etappen durchlebt, ist man ein
Held. Oder nicht?

ABSCHNITT 1 – DER RUF

„Erfahrung eines Mangels oder jähes Erscheinen einer Aufgabe."

Wie begann meine Heldenreise? Ich saß im Büro, die große, weiße Tür geschlossen. Abgeschieden von der Außenwelt. Ich war früh am Morgen gekommen, um zu arbeiten. Acht Dienststunden und ich könnte die Arbeitsstelle kurz nach dem Mittagessen verlassen. Mit Hilfe dieser Zeiteinteilung vermied ich Kontakt mit meinem Zimmerkollegen, der später kam und länger blieb. Ich lehnte mich zurück und ließ die Lehne des schwarzen Schreibtischsessels hin und her wippen. Der Computer startete. Der blaue Schein des Monitors erhellte den dunklen Raum. Das Deckenlicht, vier blendende Neonröhren, hatte ich nicht eingeschaltet. Ich genoss die Ruhe, die Anonymität, die das unbeleuchtete Zimmer bot. Die heimelige Atmosphäre fände mit dem Eintreffen des Kollegen ein jähes Ende.

Meine langen, schlanken Finger suchten die Tastatur auf der Arbeitsplatte des Schreibtischs, die in Buche furniert war. Ich tippte das Passwort ein und wartete, bis ich angemeldet wurde. Bald durfte ich mich auf die Statistiken stürzen. Meine Arbeit bestand aus Tabellen. Ich setzte Zahlen in Kästchen und wertete sie aus. Die Listen betrafen unzählige, verschiedene Arbeitsbereiche und andere Fachabteilungen gaben sie in Auftrag. Ich erhielt die Daten und erstellte Tortengraphiken, Balkendiagramme und Beschreibungen in Beamtenprosa. Meine Tätigkeit fand keine Anerkennung. Lieferten die Statistiken für die Abteilungen günstige Ergebnisse, wurden sie unkommentiert hingenommen. Bei unvorteilhaften Summen hielt man mir schlechte Auswertung vor. Der Großteil meiner Ergüsse blieb ungelesen auf irgendeinem Schreibtisch liegen. Ich betrachtete den silbergrauen Telefonapparat neben dem Monitor.

Am Morgen waren wenige Kollegen im Haus. Um einen zufälligen Anruf auszuschließen, stellte ich das Telefon auf den Anrufbeantworter. Den Apparat meines Zimmerkollegen ließ ich unangetastet. Wenn er käme und das Telefon wäre umgestellt, könnte ich die erste Auseinandersetzung des heutigen Tages nicht verhindern. Ein vermeidbares Übel. Ich beschloss, es zu ignorieren, sollte der Apparat läuten. Das musste reichen. Die anderen Mitarbeiter wussten, dass er später zu arbeiten begann. Sie riefen nicht an.

Sein Schreibtisch stand meinem gegenüber. Die Monitore waren derart aufgestellt, dass wir den Blickkontakt vermieden. Sie bildeten eine moderne Barriere. Auf dem Tisch des Kollegen stapelte sich das Papier. Neben den aktuellen Tabellen lagen veraltete Ausdrucke, Sportzeitungen und Automagazine. Ich kämpfte Stunde um Stunde, dass die Papierflut nicht auf meine aufgeräumte Tischplatte übergriff.

Wolfgang Koller war zehn Jahre nach mir geboren und in seiner Freizeit viel beschäftigt. Er schleppte den großen, schlanken Körper ins Fitnesscenter, zum Radfahren und im Sommer zum Schwimmen. Er ging in Bars, ins Kino und wechselte Freundinnen wie andere Unterwäsche. Koller war attraktiv. Die dunklen Haare hatten einen modernen Schnitt und er war mit Jeans, Hemd und Sportsakko bekleidet. Der rasierte Kiefer war breit und seine dunkelbraunen Augen leuchteten. Ein typischer Held, der ebenso ungelesene Statistiken erstellte, wie ich. Wenn er nicht telefonierte. Oder das Büro verließ, um soziale Kontakte im Amt zu pflegen. Seine Bezeichnung für die Treffen mit Kolleginnen und Kollegen, bei denen sie das eine oder andere Bier tranken. Abgabetermine kümmerten ihn wenig. Nach Genauigkeit fragte er nicht. Er schrie in den Telefonhörer, lachte laut und viel und beglückte mich mit Geschichten aus seinem Leben, ohne dass ich sie wissen wollte. Dauerten die Gespräche am Telefon längere Zeit, begann mein Herz zu rasen. Ich war gezwungen, die Arbeit zu unterbrechen und abzuwarten, bis er ging, was keine fünf Minuten nach dem Auflegen passierte. Der Geruch des penetranten Parfums blieb im Raum. Es erinnerte an seine aufdringliche Anwesenheit, während der er versuchte, seine Persönlichkeit in den Mittelpunkt der Aufmerksamkeit zu stellen. Wenn er nicht sprach, rückte er seine Gestalt mit ständigen Schnaufen durch die verstopfte Nase in den Bereich meiner Achtsamkeit.

Ich hatte zwei Stunden. Dann stieße er krachend die Tür auf, schaltete das Neonlicht ein, stellte seine Sachen mit einem Poltern auf den Tisch und verschwände zum Frühstück. Zeit genug, um mir einen Überblick über die heutige Arbeit zu verschaffen, einen Kaffee zu kochen und ihn in angenehm einsamer Dunkelheit zu genießen.

Ich blätterte durch die neuesten E-Mails. Mir kam ein Gedanke. Die Worte drängten in meinen Geist und ich hielt es für erforderlich, sie aufzuschreiben. Ich wusste, es waren Sätze, die die Welt lesen sollte. Ich verspürte das Verlangen, mich mitzuteilen. Mein Wissen, das mir jäh ins Gehirn schoss, mit der Gesellschaft zu teilen. Von einem Augenblick auf den anderen erschien es mir unaufschiebbar. Ich wollte das Textverarbeitungsprogramm öffnen und tippen. Ich erkannte, dass der Text handgeschrieben werden musste. Er verlöre die Lebendigkeit, die Ausstrahlung, bestünde er aus elektronischen Buchstaben auf einem Monitor ohne Seele. Ich brauchte einen Stift.

Die Worte mussten mit einem Stift geschrieben werden. Auf dem Schreibtisch lag kein Kugelschreiber. Ich sah in den silbergrauen Rollcontainer, der zwischen meinen und den Beinen des Tisches stand. Ich öffnete jede der vier Laden. Nirgens ein Stift. In einem modernen, papierlosen Büro, in dem Arbeitsabläufe elektronisch vonstattengingen, verwendete man kein herkömmliches Schreibmaterial.

Kollers Pult war nicht papierlos. Er hatte mit Sicherheit einen Kugelschreiber. Ich stand auf und durchpflügte die Stöße auf seinem Tisch. Ich fand einen Radiergummi, eine leere Flasche Mineralwasser, eine schmutzige Kaffeetasse, eine Skateboard fahrende Ente aus einem Überraschungsei, benutzte Taschentücher und keinen Kugelschreiber.

Ich wurde zunehmend nervös. Ich musste die Gedanken zu Papier bringen, solange sie mir gegenwärtig waren. Die Sache kam mir zu wichtig vor, um sie an einem Stift scheitern zu lassen. Hektisch öffnete ich die Laden des Rollcontainers meines Kollegen, der nicht versperrt war. Ich fand Schreibblöcke, Autozeitungen, eine Dose mit Eiweißpulver, eine Flasche des penetranten Parfums und keinen Kugelschreiber. Ich durchsuchte den Kasten mit den Schiebetüren, in dem sich bunte Ordner mit alten Tabellen befanden, und den Garderobenschrank. Im ganzen Büro war kein Stift zu finden. Wie sollte ich die Worte aufschreiben, wenn ich kein Schreibwerkzeug hatte? Keinen Kugelschreiber, keinen Bleistift, keinen Filzschreiber, keinen Faserstift, keinen Füllhalter, keinen Leuchtstift?

Ich kratze mich am Kinn und dachte nach. Ich brauchte einen Kugelschreiber. Ich musste mir einen besorgen. Ein Mangel. Eine Aufgabe.

ABSCHNITT 2 – DIE WEIGERUNG

„Der Held zögert, dem Ruf zu folgen, weil es gilt, Sicherheiten aufzugeben."

Ich stand vor meinem Schreibtisch, der schwarze Sessel hinter mir, und starrte den Monitor an. Um den Kugelschreiber zu besorgen, der von größter Wichtigkeit war, musste ich das sichere Büro verlassen. Der dunkle Raum, das Habitat für vierzig Stunden die Woche, die risikofreie Unterkunft, die mich vom Treiben des Büroalltags fernhielt, war meine schützende Höhle.

Von der Heizung erwärmt, bildete er ein angenehmes Gegenstück zu den kalten Gängen vor der weißen Tür. Die Dunkelheit bot Schutz vor der grellen Wirklichkeit des restlichen Hauses. Sollte ich den Text, die Botschaft, mit dem Computer schreiben und ausdrucken? In einer Schriftart, die meiner Handschrift glich? Reichte das, um die Seele des Geschriebenen zu erhalten?

Wenn ich das Büro verließe, müsste ich mit anderen Kollegen in Kontakt treten. Mich mit Mitarbeitern auseinandersetzen, die nicht auf mein Wohlergehen achteten. Die mit

Wünschen und dem Willen, Smalltalk zu machen an mich heranträten. Heranstürmten. Sie erschienen mir wie Monster, wie Vampire, die nicht Blut, sondern Energie aufsaugten. Sie wollten mich mit ihren belanglosen Geschichten ablenken, um währenddessen meine emotionale Kraft abzuzapfen. Mit ihren mitleidserregenden Erlebnissen Mitgefühl aufgrund uninteressanter Dinge provozieren. Nicht zuletzt wollten sie Arbeit auf mich abschieben, um mehr Zeit zum Pflegen sozialer Kontakte zu haben. Sie kämen mir entgegen und grüßten freundlich. Bewürfen mich mit Erzählungen über ekelige Krankheiten. Über ihre lieben und verzogenen Kinder. Über neue Anschaffungen, bei deren Anwendung sie Hilfe benötigten, weil sie im Vorfeld zu wenig Informationen eingeholt hatten. Über die letzten Urlaube und wie schlecht oder schön diese waren. Über herausragende Leistungen, die hauptsächlich darin bestanden, sich bei ihrem Chef einzuschleimen und fünf Minuten Arbeit als eine vorzeitig erledigte Lebensaufgabe zu verkaufen. Sie erzählten Geschichten über nette Kollegen und fänden unweigerlich Punkte, die sie an ihnen kritisieren konnten. Sie verurteilten Mitarbeiter für Verhaltensweisen, die sie in gleicher Weise an den Tag legten.

Mir wurde schwindlig, als ich an die Scheinheiligkeit und das Gutmenschentum dachte, dass mir beim Verlassen meiner Höhle entgegenschlüge. An den Narzissmus und die Suche nach dem eigenen Vorteil. An die Belegschaft mit besonderen Bedürfnissen, wie es politisch korrekt hieß, die gleichbehandelt werden wollte. Sie wussten, alle Hebel in Bewegung zu setzten, wenn eine Kleinigkeit nicht nach ihren Vorstellungen erledigt wurde und ihnen die gewünschte Aufmerksamkeit verwehrt blieb. Wenn sich die Mehrheit nicht nach den Wünschen einzelner richtete.

Was waren diese Begehren, geboren aus Selbstsucht und Eigennutz, gegen mein einfaches Bedürfnis nach einem Kugelschreiber? Was müsste ich durchmachen, welche Qualen durchleben, bevor ich zu dem Schreibwerkzeug käme?

Der Gedanke wurde mir unerträglich. Schweiß stand mir auf der Stirn. Ich setzte mich. Im Büro war ich geschützt vor den rücksichtslosen Angriffen der Monster, getarnt als zuvorkommende, einfühlsame Kollegen. Die jeden sofort unterbrachen, wenn von

Gefühlen, Wünschen und Erlebnissen berichtet wurde, um die eigenen Geschichten zu erzählen. Die meinen Worten lauschten, um einen Punkt zu finden, an dem sie einhaken konnten, um ihren verbalen Erguss zum Besten zu geben.

Ich hatte probiert, Kontakt herzustellen. Ich scheiterte. Gab auf. Wussten sie nicht, wie anstrengend sie waren? Wie sie mir den Verstand raubten, indem sie wertvolle Gedanken mit ihrem Sprachmüll verdrängten? Warum taten sie das? Aus Einsamkeit? Hatten sie das Bedürfnis, sich jedermann mitzuteilen? Mit jeder Geringfügigkeit?

Ich war nicht einsam. Ich war mir genug. Die Auseinandersetzung mit den Problemen der anderen widerte mich an. Zumal meine problemlosen Zeiten rar gesät waren und ich sie genoss. Die Sicherheit meiner Höhle aufgeben? Nein. Ich brauchte den Kugelschreiber. Der Text, den ich damit zu Papier bringen wollte, veränderte das Denken der Menschen. Offenbarte ihnen eine differenzierte Sichtweise. Zu welchem Preis? Mein Magen spielte bei dem Gedanken vor die Tür zu treten verrückt. Ich hatte das Gefühl, mich übergeben zu müssen, überhäufte mich jemand mit Belanglosigkeiten. Ich sollte gehen. Die Hände wurden kalt und zitterten. Ich zögerte, nicht bereit, mein sicheres Büro aufzugeben.

ABSCHNITT 3 – DER AUFBRUCH

„Der Held überwindet sein Zögern und begibt sich auf die Reise."

Ich starrte die Tür zum Gang, zur Außenwelt an. Der Monitor hatte sich in den Energiesparmodus versetzt und zeigte mattes Schwarz. Die letzte Lichtquelle war erloschen. Die Dunkelheit umhüllte mich. Durch den Spalt an der Unterseite der alten, verzogenen Bürotür gelangte ein Streifen weißen Lichtes in das Zimmer. Das grelle, sterile Blenden der Umwelt, das die Umrisse der Einrichtung unheimlich erscheinen ließ. Die beiden Computer ragten wie mystische Monolithe in den Raum. Sie gaben seltsam kratzende Geräusche von sich. Vom Gang drang Stille in das Büro.

Niemand führte eine Unterhaltung. Keine Schritte von vorbeigehenden Menschen waren auszunehmen. Ich hörte meinen eigenen, schnellen Atem. Die Luft roch nach kaltem Rauch, der mit dem Licht durch den Türspalt kam. Was erwartete mich in der Welt vor dem Zimmer?

Missgünstige Kollegen und lange, verwirrende Flure. Eine Tür an die andere gereiht.

Weiß gestrichen und mit einem blassgrünen Linoleumboden ausgelegt, vermittelten die endlosen Gänge Leblosigkeit und Tristesse. Jedes Stockwerk des Gebäudes war identisch angelegt. Die einheitlichen Türen, hinter jenen sich die Monster versteckten, zum Angriff bereit, mit den gleichen Zimmernummern in sämtlichen Etagen. Es gab Heizkörper. Sie wurden aus Einsparungsgründen nicht benutzt. Die Kälte breitete sich aus. Von den Korridoren direkt in die Herzen der Mitarbeiter.

Mich fröstelte, obwohl mein Zimmer beheizt war. Auf einundzwanzig Grad. Mehr leistete die Anlage nicht. Ich rieb die Handflächen aneinander, um mich aufzuwärmen. Draußen gab es an jeder Ecke Fallen. Raucherzimmer, in die man eingeladen wurde, wenngleich man Nichtraucher war. Das Buffet, in das man hineingezogen wurde, um einen Kaffee mitzutrinken. Weigerte man sich, erhöhten sie den Druck. Sie boten an, die Rechnung zu bezahlen, und man galt als unhöflich, wenn man ablehnte. Es gab Türen, die jäh geöffnet wurden und hinter denen sich Kollegen verbargen, die ihre Arbeit zwischen Tür und Angel dem Vorbeigehenden aufzwingen wollten. Die Vorgehensweisen der Vampire waren durchdacht, hinterhältig und zielgerichtet.

Mein Blick wanderte auf das leere Blatt Papier, das ich mir zurechtgelegt hatte, um die Botschaft aufzuschreiben. Ich hatte es der Papierlade des Druckers entnommen. Das Gerät stand auf einem kleinen Beistelltisch, neben den beiden Schreibtischen und diente meinem Kollegen und mir zu gleichen Teilen. Der Arbeitgeber verziehe mir den privaten Gebrauch seines Materials, wenn er den Inhalt des Textes, den ich auf diesem Bogen zu notieren gedachte, gelesen hatte. Ich wusste, dass ich schreiben musste. Die Worte brannten in meinem Geist. Sie drängten nach draußen, im Gegensatz zum Körper, der auf dem Schreibtischsessel festzukleben schien.

Ich drehte das Papier auf der Schreibtischplatte und betrachtete es mit Wehmut. Meine großen, traurigen, blauen Augen wanderten die nicht vorhandenen Zeilen entlang. Ohne Kugelschreiber war es mir unmöglich, der Welt meine Gedanken mitzuteilen. Ich musste das Büro verlassen, ansonsten bekäme ich den Stift nicht. Ich sah keine Alternative.

Ich stand auf und schob den Sessel ruckartig zurück, sodass er gegen die weiß gestrichene Wand schlug. Ich nahm meinen Mut zusammen. Nervös fuhr ich durch die dunklen Haare und richtete den Scheitel, der ohnehin perfekt frisiert gewesen war. Die Schritte führten mich zur Tür, die mir wie ein großes, grobes Holztor einer Festung erschien. Sie erweckte den Eindruck, als wäre sie vier Meter hoch und zwanzig Zentimeter stark. Niemand könnte sie einen Millimeter bewegen. Ich zögerte, machte kehrt und ging zurück zu meinem Platz.

Bevor ich mich setzte, schloss ich die Augen und atmete tief ein. Die Botschaft musste geschrieben werden. Es war die Zeit gekommen, den Widrigkeiten, die ich bei meiner Reise erlitte, entgegen zu treten. Ich schritt auf die Tür zu. Wie eine Warnung, das Büro nicht zu verlassen, baute sich das Tor massiv vor mir auf. Die Türklinke schien unerreichbar. Ich streckte die Hand nach ihr aus. Die Fingerspitzen berührten das kalte Messing und ich zuckte schlagartig zurück, als erhielte ich einen Stromschlag. Ein erneuter Versuch. Ich wischte mit Daumen und Zeigefinger über die Mundwinkel und griff zu. Die Hand umschloss das Metall. Hielt es fest. Ich atmete hörbar aus und drückte die Klinke hinunter.

Mit einem Knarren öffnete sich die schwere Holztür. Der Spalt wurde breiter und der Raum wurde mit gleißendem Licht geflutet. Ich ließ die Tür aus, die weiter der initiierten Bewegung folgte, bis sie der Türstock stoppte. Ich stand im Türrahmen, beleuchtet von den Neonröhren, die dem Gang vor mir Helligkeit spendeten. Ich schob meinen Unterarm vor die Augen, um sie vor dem blendenden Weiß zu schützen. Ich kniff die Lider zusammen, um besser sehen zu können. Es war nichts auszumachen, außer einer endlosen, trostlosen Leere. Ich nahm die Umgebung verschwommen wahr, bis die Augen an das Licht gewöhnt waren.

Vor mir breitete sich die Welt in all ihrer Gnadenlosigkeit und Ungerechtigkeit aus. Ich spürte, dass ich auf eine ungewisse Reise ging. Mein Blick wanderte nach unten. Zwischen den Turnschuhen war der Übergang vom alten, heimeligen Parkettboden zum neuen, kalten Linoleumboden zu erkennen. Ein kleiner Schritt, und es gäbe kein zurück. Ein Schritt, der mich meinem Untergang näher brächte. Ein tiefer Atemzug. Mit geschlossenen Augen trat ich aus der Höhle auf der Suche nach einem Kugelschreiber.

ABSCHNITT 4 – AUFTRETEN VON PROBLEMEN

„Probleme, die als Prüfung interpretiert werden können."

Ich stand am Gang, schaute umher und das Herz raste. Kein Mensch zu sehen. Ich versuchte, mich zu beruhigen. Hinter mir fiel die Tür zum Büro mit einem Krachen zu. Mein Körper zuckte zusammen. Der Lärm hatte mir einen Schock versetzt und schreckte mit Sicherheit die Monster in den umliegenden Zimmern auf. Der Puls pochte in den Adern. Ich lauschte. Ruhe.

Meine Höhle lag im Parterre. Jene Etage war gestaltet wie die darüber. Eine weiße Tür nach der anderen. An den Büroeingängen musste ich vorbei, ständig der Gefahr ausgesetzt, dass eine aufginge und der Vampir dahinter mich anspräche. Langsam tastete ich mich Schritt für Schritt vorwärts. Die Türen zogen an mir vorüber. Jäh kam mir die Frage in den Sinn, wohin ich musste. Wo bekäme ich einen Kugelschreiber? Das Werkzeug, das meine Gedanken beruhigen, das Verlangen befriedigen könnte. Ich blieb stehen, fasste mir ans

Kinn und überlegte. Am Computer, im Zimmer, fände ich die Lösung. Sollte ich zurückgehen und recherchieren?

Ich blickte in die Richtung, aus der ich gekommen war. Zwischen dem Büro und meiner Position, am Ende des Ganges, lagen vier Eingänge, die ich ohne Zwischenfälle passiert hatte. War es zumutbar, erneut an ihnen vorbeizugehen? Die Personen in den Büros warteten hinter den Türen, lauschten, ob ich vorbeischlich, um über mich herzufallen. Sie waren durch das Krachen der Tür aufgeschreckt worden. Sie hatten zu langsam reagiert, um mich auf meinem Weg hierher zu überraschen. Das änderte sich beim Zurückgehen. Ich war davon überzeugt, dass sie mir auflauerten. Es gab kein zurück. Die Informationen aus dem Computer musste ich vergessen. Ein Telefonat mit einem Kollegen wäre eine Lösung. Das Telefon zu diesem Zeitpunkt außer Reichweite, ebenfalls im Zimmer.

Meine Schritte führten mich fort von der sicheren Höhle. Ich bog nach links ab und sah am Ende des Ganges die silberfarbene Tür eines Aufzugs. Das Stockwerk wechseln. Ich musste in ein anderes Geschoss gehen. Eine oder zwei Etagen höher hatten sie nicht gehört, wie die Tür ins Schloss gefallen war. Die Monster dort oben waren ahnungslos.

Ich setzte einen Fuß vor den anderen. Bewegte mich schleichend vorwärts. Die Gefahr war nicht gebannt. Wenn ich das darüberliegende Geschoss erreichte, ginge es mir besser. Den ersten Stock? Warum wollte ich dorthin? War es eine Eingebung, ein Hinweis aus meinem Unterbewusstsein? Was täte ich im ersten Stockwerk? Ich fühlte mich wie in der Schule. Mir wurde eine Aufgabe gestellt und mir fiel die Lösung nicht ein. Die Antwort lag mir auf der Zunge. Sie nahm keine Gestalt an. Die richtigen Worte formten sich nicht in meinem Kopf. Die Schulaufgabe lautete: Was war dort oben?

In Gedanken versunken bewegte ich den Körper Richtung Lift. Ein Knarren, ein Stoßen. Diese Geräusche kamen aus dem Zimmer neben mir. Jemand regte sich. Stand auf und schritt über den Parkettboden, der den Lärm verursachte. Er stieß gegen einen Gegenstand. Der Vampir rannte auf die Tür zu. Bald ginge sie auf und er stünde vor mir, grüßte und begänne mich mit Nichtigkeiten zuzuschütten. Ich leckte mit der Zunge meine trockenen Lippen. Es war keine Zeit zu verlieren. Der Aufzug lag ein paar Schritte entfernt in einer Nische der weiß gestrichenen Gangwände. Nach dem Erreichen des Lifts müsste ich ihn rufen. Es dauerte, bis er käme. Ich spürte, wie das Herz in der Brust hämmerte.

Erneut ein Knarren aus dem Zimmer. Ich brachte die Tür schnell hinter mich. Die Bewegungen beschleunigten sich. Der Atem ging stoßweise. Ich fühlte, dass zu wenig Sauerstoff die Lunge erreichte. Der Abstand zum Monster wurde größer. Die Geräusche verstummten. Die Bürotür blieb geschlossen.

Die Aufzugstür kam näher. Ich beruhigte mich und fasste mit der Hand an meinen Brustkorb, um die Regelmäßigkeit der Atmung und des Herzschlages zu überprüfen. Einen tiefen Atemzug später konnte ich klar denken. Die Wirtschaftsstelle. Die Abteilung, welche die Mitarbeiter mit den notwendigen Arbeitsmitteln versorgte. Brauchte man einen Toner für den Drucker, ging man in die Wirtschaftsstelle. Ein neuer Schreibtischsessel, weil der alte kaputt war? Ab zur Wirtschaftsstelle. Der Bereich hielt die Dinge bereit. Mit Sicherheit bekäme ich dort meinen Kugelschreiber. Sie befand sich im ersten Stock.

Ich war verwundert, warum mir das nicht eher eingefallen war. Die Vampire übten ihren Einfluss durch die Türen aus. Sie wollten, dass ich mich im Haus verirrte. Das war ohne die Manipulationen eine Leichtigkeit, mit ihnen eine todsichere Sache. Wenn ich verloren ginge, fingen sie mich ab, um mir zum Schein weiterzuhelfen und meinen Geist in ihren Bann zu ziehen.

Ich erreichte den Aufzug und drückte den Knopf, um ihn zu rufen. Über der Taste mit dem Pfeil nach oben fiel mir ein rotes Licht auf. Kein Licht, eine beleuchtete Schrift. Das Herz blieb einen Moment stehen. Ich las die Buchstaben, die mein Schicksal bestimmten. „Außer Betrieb", stand in großen Lettern am Lift, die mir vor den Augen verschwammen.

Ich schluckte und sah mich um. Das Treppenhaus befand sich an der Ecke, an der ich zuvor abgebogen war. Ich musste zurück, vorbei an der Tür, hinter der ein Vampir auf der Lauer lag, die Klaue an der Türklinke, bereit zuzuschlagen. Ich beugte den Oberkörper vor und stützte mich mit der Hand an der Wand neben der silbernen Aufzugstür ab. Der Mund war trocken und Schweiß rann von der Stirn. Ich hob den Blick und starrte auf die leuchtenden

Buchstaben, die sich wie glühende Eisen in die Augen brannten. Ich hoffte, sie verschwänden. Sie taten es nicht.

Mir blieb keine andere Wahl, als den Gang zurückzugehen. Ich richtete mich auf und zog die Jeans nach oben. Mit den Handflächen streifte ich über das Hemd und atmete ein. Ich begann den Weg zum Treppenhaus abzuschreiten. Die Schritte setzte ich schnell. Ich wusste nicht, wie lange mein Mut vorhielt und beeilte mich. An der Tür, durch die vorhin die Geräusche gekommen waren, wandte ich den Blick in die entgegengesetzte Richtung. Für ein paar Sekunden presste ich die Augen zusammen und stürmte am Zimmer vorbei. Es blieb ruhig.

Bald erreichte ich die rettende Glastür, die das Treppenhaus vom Flur trennte. Ein horizontal angebrachter Messinggriff tauchte vor mir auf. Ich stemmte mich gegen die Tür, damit sich der Eingang öffnete. Ich betrat das Treppenhaus. Die Tür schwang hinter mir in kleiner werdenden Bewegungen, bis sie in der Ausgangsposition Ruhe fand. Ich atmete erleichtert aus. Vor mir tat sich eine Betontreppe auf, die ich erklimmen musste. Die Stufen breit und niedrig.

Ich schaute hoch. Die Treppe führte in den sechsten Stock. Die Wände hatten die Maler in einem blassen Gelb gestrichen. Fenster, die oben mit einem Halbrund abschlossen, waren darin eingelassen. Zwischen ihnen befanden sich längliche, senkrecht montierte Lampen, die das Treppenhaus in helles Licht tauchten.

Es stand mir ein schwerer Aufstieg bevor. Ich war es nicht gewohnt, zu Fuß zu gehen. Ich hatte keine Kondition. Im Gegensatz zu meinem Zimmerkollegen vermied ich sportliche Aktivitäten. Der Fuß fand die erste Treppenstufe, die Hand umschloss das braune Holzgeländer. Ich zog mich hoch, eine Stufe nach der anderen. Fünf Tritte später erreichte ich ein kleines Plateau. Die Treppe ging rechts von mir mit einem Abschnitt aus gleich vielen Stufen weiter. Diese Aufteilung zog sich bis in den sechsten Stock. Nach zwei Plateaus und fünfzehn Treppenstufen kam die nächste Etage, in die, wie im Parterre, Glastüren führten.

Meine Ohren waren gespitzt. Ich musste aufpassen, dass mir niemand entgegenkam oder mich einholte. Im Treppenhaus gab es keine Ausweichmöglichkeiten. Die einzige Chance, den Monstern zu entkommen, war, sie rechtzeitig zu hören, zu orten und in die entgegengesetzte Richtung zu flüchten.

Es war ruhig. Um diese Zeit benutzte kein Mensch die Treppe. Die sportlichen Mitarbeiter, die mit dem Fahrrad kamen und die Stufen zur körperlichen Erbauung nutzten, träfen später ein. Die Lifte wurden am Morgen von wenigen gebraucht, sodass die Ungeduldigen nicht auf die Treppe ausweichen mussten. Ich hatte freie Bahn. Das erste Stockwerk wäre schnell erreicht.

In gleichmäßigen Rhythmus, ein Fuß nach dem anderen, mit der Hand vorausgreifend, stapfte ich aufwärts. Ich gelangte in die nachfolgende Etage. Ein auf das Glas der Tür aufgeklebtes Schild verriet mir, dass ich mich im Hochparterre befand. Ich hatte vergessen, dass in einem Gebäude der Jahrhundertwende nach dem Parterre nicht der erste Stock kam. Noch einmal fünfzehn Stufen zu bewältigen. Ich ging weiter. Mein Atem beschleunigte. Ich schluckte, um die Regelmäßigkeit beim Luftholen beizubehalten. Die Seite begann zu stechen. Mit der freien Hand fasste ich an die Rippen. Die nächste Etage kam näher. Bald wäre ich am Ziel.

Mein Mund verformte sich zu einem Lächeln, als ich das Plateau erreichte. Was sahen meine Augen! Auf dem Schild stand Mezzanin! Ein Zwischengeschoss, ein Halbstock! Was hatte sich der Architekt gedacht, ein nicht vollwertiges Stockwerk, mit geringerer Höhe, zu bauen? Hatte er gewusst, dass ich, über hundert Jahre später, in den ersten Stock musste, und wollte mich quälen? Ich hielt inne. Atem schöpfen, um für einen weiteren Aufstieg vorbereitet zu sein.

Was wurde ich heute geprüft? Zunächst mein Mut. Das Verlassen des Büros, die Reise durch die Gänge, zum Aufzug und zum Treppenhaus. Mein Erinnerungsvermögen. Das Wissen, wo sich die Wirtschaftsstelle befand und dass ich dort den Kugelschreiber bekäme. Meine Ausdauer beim Erklimmen der Treppe. Ich durfte nicht aufgeben. Fünfzehn Stufen trennten mich vom Ziel. Ein Bestreben, das es wert war, erfüllt zu werden. Der Stift ermöglichte es mir, die Botschaft zu verkünden. Der Gedanke gab mir Kraft. Ich ging weiter.

Am nächsten Schild stand der erlösende Aufdruck: „1. Stock". Der Atem raste. Träfe ich jemanden, könnte ich ihn nicht grüßen. Das Keuchen ließ keine Worte zu. Ich lehnte mich an das Mauerwerk, griff mir auf die Brust und wartete, bis sich mein Körper beruhigte. Wenige Minuten später setzte ich die Reise fort.

Ich befand mich im richtigen Stockwerk. Wo war das Zimmer der Wirtschaftsstelle? Mir blieb nichts anderes übrig als die Schilder, die neben den Eingängen an der Wand angebracht waren, zu lesen. Sie gaben darüber Aufschluss, wer dahinter seine Arbeit verrichtete. Ich arbeitete mich von Tür zu Tür, darauf bedacht, beim leisesten Geräusch, das aus den Büros drang, zu flüchten. Kein Ton war zu hören. Die Kollegen hatten den Dienst noch nicht angetreten oder nahmen ihr Frühstück im Buffet ein.

Ich las unzählige Hinweisschilder und brauchte unendlich viel Zeit. Befand sich die Wirtschaftsstelle im ersten Stock, oder hatte ich mich geirrt? Ich zweifelte an meiner Entscheidung. Auf den Schildern las ich mir unbekannte Namen. Neben den Personen wurde die Abteilungszugehörigkeit aufgeführt und bei Mitarbeitern mit Leitungskompetenz die Funktion. Ich ging zu Büros, in denen mehrere Menschen saßen und zu Einzelzimmern.

Kurz bevor ich aufgeben wollte, strahlte mir ein Name entgegen. Joachim Moser. Darunter stand: Leiter der Wirtschaftsstelle. Ich schloss die Augen, konnte einen Freudenschrei unterdrücken. Das Ziel war hier, hinter dieser alten, weißen Tür. Mir wurde bewusst, dass ich eintreten musste. Mit den Lebewesen, den Monstern, dahinter Kontakt aufnehmen. Es war erforderlich, sie anzusprechen, nach einem Kugelschreiber zu fragen. Egal. Das Wichtigste war die Botschaft. Und der Stift, mit dem ich sie aufschriebe.

Ich presste die Lippen aneinander und streckte die zur Faust geballte Hand aus. Ich klopfte an. Nichts. Ich klopfte erneut. Aus dem Zimmer war das Quietschen eines nach Öl schreienden Schreibtischsessels zu hören. Ich wartete.

„Herein", kam eine Stimme aus dem Büro.

Ich nahm die Klinke und öffnete die Tür. Mit gesenktem Kopf trat ich ein. Ich befand mich in einem kleinen Raum, in dem ein Schreibtisch stand, dessen Besitzer dahinter saß und zu mir starrte. Hinter dem Mann war ein Fenster, das die Person in Gegenlicht tauchte. Joachim Moser erhob sich und überdeckte den blendenden Lichtschein. Ich erkannte einen

Herrn mit grauen Haaren, die in einem klassischen Herrenschnitt geschnitten waren. Das faltige Gesicht war gewissenhaft rasiert und die grünen Augen strahlten eine falsche Güte aus. Sein Parfum roch nach Leder und Moschus. Wie ein Greis. Er war größer als ich, über einen Meter achtzig, und hatte eine hellgraue Stoffhose an. Eine weinrote Strickweste verdeckte den Großteil des weißen, gebügelten Hemdes. Ich schluckte und versuchte ihn anzusehen.

„Guten Tag", sagte ich.

„Grüß Gott", grüßte er mit sanfter, dunkler Stimme, „Was kann ich für Sie tun?"

Ich drehte mich um, vor allem, um seinem Blick auszuweichen, und schloss sorgfältig die Tür. Ich wandte mich ihm zu. Er hatte sich hingesetzt.

„Ähm, ich wollte Sie bitten, Sie fragen, ob Sie einen Kugelschreiber für mich haben. Es wäre dringend." Ich erschrak vor den eigenen Worten. Hatte ich das gesagt? Hatte ich dem Anliegen eine Dringlichkeit unterstellt und den Wirtschaftsstellenleiter damit unter Druck gesetzt? Wie reagierte er? Hatte ich die Chance auf Herausgabe eines Stiftes verspielt?

Moser nickte und lehnte sich zurück. Er verschränkte die von Altersflecken überzogenen Hände vor dem kaum sichtbaren Bauchansatz und sagte: „Tut mir leid, ich kann Ihnen keinen Kugelschreiber aushändigen."

Ich hörte die Worte. Sie kamen mir unwirklich vor. Das konnte nicht wahr sein. Ich hoffte, mir den Satz eingebildet zu haben. In meinen Augen bildeten sich Tränen. Der Schmerz begann in der Brust und verbreitete sich im Körper. Meine Träume lösten sich in wenigen Sekunden in Luft auf. Wie sollte ich reagieren? Die Mühe, die ich auf mich genommen hatte, war sie umsonst gewesen? Moser, das Monster, genoss es scheinbar, Kollegen zu quälen. Die Machtposition, die er innehatte, auszunutzen, indem er Wünsche ablehnte. Wenn ich mich auf eine Auseinandersetzung einließe, verlöre ich und der Vampir zöge meine gesamte Energie ab. Das wollte er. Ich durfte darauf nicht eingehen. Ich musste die Niederlage hinnehmen. Ich nickte und schaute ihn an.

„Dann bedanke ich mich für ihre Mühen", sagte ich leise und drehte mich, um das Büro zu verlassen.

ABSCHNITT 5 - HILFE

„Der Held trifft unerwartet auf einen Mentor."

Meine Fingerspitzen berührten die Türklinke, als ich hinter mir den Wirtschaftsstellenleiter sagen hörte: „Warten Sie einen Moment!"
Hatte er mich nicht genug gedemütigt? Hatte er seine Macht für ihn unzureichend demonstriert? Er hatte sich am Verfall gelabt. Meinen Untergang besiegelt und die Energie aufgesaugt, die ich in dem Augenblick, als er mir seine Ablehnung entgegenschmiss, verloren hatte. Wollte er mehr? Mich vernichten? Moser hatte erfolgreich verhindert, dass ich die Botschaft notieren konnte. Das Vorenthalten des Kugelschreibers brachte mich in eine ausweglose Situation. Der Traum des Schreibens war zerstört, das Verlangen blieb. Ich sollte die Türe öffnen und gehen. Die Worte des Wirtschaftsstellenleiters hielten mich zurück. Sie forderten, duldeten keine Widerrede. Moser war zu mächtig, um sich seinen Wünschen zu widersetzen. Wenn er jemand vernichten wollte, täte er es. Und ich müsste es hinnehmen, es ertragen. War die Reise zu Ende?

Führte die Suche nach einem Kugelschreiber in den Untergang?

Ich schloss die Augen. Versuchte, mich zu wehren. Dem Drang, mich umzudrehen, zu widerstehen. Die rettende Klinke hielt ich in der Hand. Ich könnte sie hinunterdrücken, die Tür öffnen und gehen. Mit einem Schritt wäre ich am Gang, der zu der sicheren Höhle zurückführte. Moser riefe mir mahnende Worte hinterher. Ich dürfte sie nicht beachten, müsste weitergehen. Er sähe die Chance, die verbliebene Energie zu ernten, davon schwimmen. Ich gewänne.

Ich war kein Gewinner, ließ die Klinke los und drehte mich um. Der alte Mann blickte mit seinen gütigen Augen in meine Richtung. Er war gut. Verbarg die Boshaftigkeit hinter väterlichem Auftreten. Ich musste auf der Hut bleiben. Die Hände wurden kalt und ich knetete sie vor der Brust. Moser lächelte. Die Überheblichkeit drang aus jeder Pore. Er setzte zum Sprechen an, wollte mir den Todesstoß versetzen.

„Wissen Sie, wo Sie einen Kugelschreiber bekommen?", fragte er.

Was sollte diese Frage? Wegen des Stiftes war ich zu ihm gekommen. Ich wusste es. Ich war hier. Auf was wollte das Monster hinaus? Ich musste antworten und brachte kein Wort heraus. Ich öffnete die Lippen. Meine Stimmbänder versagten. Ich hatte Panik, dass alles, was ich äußerte, das Falsche wäre. Mit jeder Aussage spielte ich ihm in die Hände. Ich schloss den Mund. Der Wirtschaftsstellenleiter stand auf.

„Sie sind noch nicht lange hier im Amt?", fragte er. Die grauen, buschigen Augenbrauen hoben sich.

Zwanzig Jahre arbeitete ich in dieser Arbeitsstätte. Wusste er das nicht? Kannte er mich nicht? Ich starrte ihn an und blieb stumm. Moser senkte den Blick. Ich wollte es ihm gleichtun. Die Angst, ihn aus den Augen zu verlieren, hielt mich davon ab. Er begann in den Papieren, die auf dem Schreibtisch lagen, zu suchen. Er schob die Zettel von einem Ende der Tischplatte zum anderen. Das Möbelstück war dasselbe Einheitsmodell wie der Meinige. Hatte er eine Akte über mich, die er suchte? Wollte er nähere Informationen zu meiner Person, um nachzulesen, wie er zu mir durchdringen könnte? Um den kleinen Beamten leichter und nachhaltiger vernichten zu können? Ich verhielt mich still und beobachtete.

„Ich habe jetzt keines da", kommentierte er das Geschehen.

Er fand die Dokumente nicht! Wenn ich weiterhin ruhig bliebe, könnte er die Taktik, das Gegenüber mit Worten einzulullen, nicht weiter verfolgen. Ich böte ihm keinen Angriffspunkt. Er war sich darüber unklar, wer ich war, wo ich arbeitete und auf welche Überredungskünste ich anspräche. Bald gäbe er auf und ich könnte das Büro verlassen. Er sah zu mir auf.

„Hören Sie. Zu meinem Bedauern muss ich jetzt weg. In eine Sitzung. Ich kann ihnen nicht helfen."

Er hielt mich auf. Das war seine Intention. Das Schweigen war ergebnislos geblieben. Es hatte die Pläne des Wirtschaftsstellenleiters nicht durchkreuzt. Im Gegenteil. Aufgrund der Verschwiegenheit war es ihm möglich, mich länger aufzuhalten, als er vorgehabt hatte. Er konnte zufrieden sein. Ich stand fünf Minuten im Zimmer und beobachtete das Spiel. Wartete auf schmeichelnde Worte. Sie kamen nicht. Er erzählte keine Geschichte. Er wollte mich durch verlorene Zeit fertigmachen. Meine Wut auf ihn mittels der Tatsache steigern, dass ich Lebenszeit unnötig im Büro verbrachte.

Moser machte einen Schritt zur Seite, umrundete den Tisch und trat mir gegenüber. Ich schaute zu ihm auf. Wollte seinem Blick standhalten. Ich durfte mir nicht anmerken lassen, dass ich die Pläne durchschaut hatte. Er schindete Zeit. Versuchte, es mir unmöglich zu machen, den Kugelschreiber an anderer Stelle zu organisieren, mir Alternativen verwehren. Ich untergrübe seine Autorität. Er wollte, dass ich mich gebrochen und ohne Umwege in mein Büro zurückzöge.

„Ich muss Sie jetzt rausschmeißen", sagte er und legte die Hand mit sanftem Druck auf meine Schulter. Er lächelte und drehte meinen Körper Richtung Tür. Mit der freien Hand griff Moser nach der Klinke. „Die Wirtschaftsstelle gibt Großmengen ab, keine einzelnen Kugelschreiber", erklärte er, während er die Tür öffnete und mich auf den Gang schob. „Wir beliefern die Kanzlei, die für die weitere Verteilung des Büromaterials zuständig ist. Wenn Sie einen Stift benötigen, wenden Sie sich an die. Sie brauchen das Formular A23, damit er Ihnen ausgehändigt wird. Wir haben eine genaue Buchführung über das Material.

Ohne das Formblatt werden Sie keinen bekommen."

Wir standen uns vor dem Zimmer gegenüber und ich traute meinen Ohren nicht. Moser erklärte mir, wie ich an einen Kugelschreiber käme! Was war passiert? Was hatte seine Einstellung verändert? Warum half er mir?

Er sprach weiter: „Ich habe normalerweise solche Formulare ausgedruckt am Schreibtisch liegen. Scheinbar sind sie mir ausgegangen."

Das hatte er gesucht. Er besaß keine Akte über mich. Er sah nach dem Formblatt A23. Die Euphorie quoll aus mir heraus. Ich strahlte ihn an. Die Sache musste einen Hacken haben. Es erschien mir surreal.

„Ich habe bedauerlicherweise keine Zeit, eines für Sie auszudrucken. Das ist nicht weiter problematisch. Sie können das leicht an ihrem Computer machen. Im Intranet finden Sie die Datei A23. Drucken Sie das Blatt, füllen Sie das Formular aus und gehen Sie damit zur Kanzlei."

Jetzt wusste ich, was zu tun war. Meine blauen Augen leuchteten. Von Moser hatte ich keine Hilfe erwartet. Ich war sprachlos. Ich brachte ein leises „Danke" hervor.

„Keine Ursache", sagte der Mann, der mir den Weg gewiesen hatte. Der mich mit ein paar Sätzen aus der Lethargie geholt, die Verzweiflung in Freude gewandelt hatte. Die Botschaft konnte geschrieben werden!

Der Wirtschaftsstellenleiter drehte sich um und stapfte zur erwähnten Sitzung. Ich starrte ihm ungläubig und erleichtert nach. Wenige Momente später fasste ich mich. Ich musste zurück zum Büro, zu meinem Computer. Der Weg war mir bekannt, das Treppenhaus hoffentlich leer. Mit großen Schritten ging ich dem nächsten Abschnitt der Reise entgegen.

ABSCHNITT 6 – DIE ERSTE SCHWELLE

„Der Held muss schwere Prüfungen überstehen, die sich als Kampf gegen innere Widerstände und Illusionen erweisen können."

Ich öffnete die Glastüren zum Treppenhaus und stürmte die ersten zehn Stufen hinunter. Meine Gedanken kreisten um das Formular A23, das mir den Weg zum Kugelschreiber ebnete und das Aufschreiben der Botschaft ermöglichte. Joachim Moser hatte mir wertvolle Information gegeben. Die Turnschuhe flogen über den Beton der Treppe. Ich war euphorisiert. Mehr, als gut für mich war. Ich bemerkte nicht, dass unter mir, im Mezzanin, die Treppenhaustür geöffnet wurde und eine Gestalt das Plateau betrat. Die Person erklomm die ersten Stufen in meine Richtung.

Für mich war es zu spät. Der Vampir bewegte sich geschmeidig aufwärts. Er war einen Meter und achtzig, schlank und roch nach Vanille. Ich kannte den Geruch. Peter Novotny, ein Mitarbeiter von Rudolf De Jong, der eine Abteilung leitete, die mir tagtäglich Aufträge erteilte. Novotny hatte dunkelbraune Augen, aus denen das Feuer der Hölle funkelte. Die

schwarzen Haare waren mit Gel zurückge-
kämmt und er trug einen dunklen Anzug. Um
den Kragen des weißen Hemdes war eine
schwarze Krawatte gebunden. Es machte den
Anschein, als ginge er auf eine Beerdigung.
Die Schuhe vermittelten ein anderes Ziel.
Lackschuhe zog man zu einem Ball an, nicht
im Büro. Das Monster wollte den Eindruck
eines gut gekleideten Managers vermitteln. Er
scheiterte. Er wirkte overdressed und ge-
schmacklos. Die schleimige Art zu reden und
seine Überheblichkeit verstärkten meine
Abneigung.
Er erblickte mich und es breitete sich ein
Grinsen oberhalb des sauber rasierten Kinns
aus. Ich bremste, konnte einen Sturz mit Mühe
verhindern. Es gab keine Fluchtmöglichkeit
mehr. Ich musste mich einem Gespräch stellen
und wollte es kurz halten.
„Ah, wen haben wir da?", rief er mir zu und
streckte mir die Hand entgegen. Ich senkte
den Blick. Der Gruß musste erwidert werden.
Die Klaue ergriffen. Ich konnte den Ekel nicht
unterdrücken. Novotnys Pratze wäre kalt und
nass. Der Händedruck leicht und abstoßend.
Kein Handschlag eines Mannes. Schleimig,
sich windend, wie seine Persönlichkeit.

Ich reichte ihm die Hand und stellte fest, dass ich Recht hatte. Schnell zog ich meinen Arm zurück.

„Hallo Peter", grüßte ich ihn leise. In Bereichen, in denen man eng zusammenarbeitete, war es üblich, das Du zu verwenden. Man wurde mit den ärgsten Feinden per Du, hatte man oft genug mit ihnen zu schaffen. Die gesellschaftliche Ordnung im Amt forderte solche Vorgehensweisen. Ich blieb nicht verschont. In einer der Arbeitssitzungen, in jenen sich die Chefs beweihräucherten und die Mitarbeiter anbiederten. In denen die sozialen Kontakte zwischen den Abteilungen vertieft werden sollten. In einer dieser Sitzungen wurde mir von De Jongs Helfern das Du angeboten. Ich wäre verrückt gewesen, es vor versammelter Mannschaft abzulehnen. Ich hasste die vermeintliche Nähe, die diese Anrede vermittelte. Ein schaler Geschmack nach verrostetem Eisen bildete sich in meinem Mund, als ich Peter mit Vornamen ansprach. Ich wollte mich abwenden und weitergehen, als der Schleimer weitersprach.

„Gut, dass ich Dich hier treffe", setzte er ein Gespräch in Gang. Ich schloss die Augen und atmete tief durch. Was käme als Nächstes?

Nichts Gutes befürchtete ich. „De Jong gab mir den Auftrag, mich mit Dir in Verbindung zu setzen." Novotny begann dienstliche Anfragen bei jeder Gelegenheit mit diesen Worten. Sein Chef schickte ihn. Wer das glaubte? Peter war faul und versuchte die Arbeit auf andere abzuschieben. War sie zu seiner Zufriedenheit erledigt, verkaufte er sie De Jong gegenüber als Eigenleistung. Ein altes Spiel. Ich erwog die Tabellen, die ich für ihn erstellte, direkt seinem Vorgesetzten zu übermitteln. Das sollte ich. Ich brachte es nicht zustande.

Das Verhältnis zu Novotny war angespannt. Eine solche Vorgehensweise verschärfte die Situation. Ich war froh, die meiste Zeit in Ruhe gelassen zu werden. Ich besorgte die Aufgaben, schickte sie Peter und er könnte damit machen, was er wollte. Schnell abarbeiten und den Kontakt einschlafen lassen. Mit dieser Taktik fuhr ich die letzten Jahre gut und behielte sie bei. Ich sah auf und lauschte, was er zum Besten gab.

„Wir haben eine Statistik über die Einsätze der Kanalreinigungsfirma aufgrund von Verstopfungen in den Abwasserrohren der Toiletten zu erstellen. Du, als alter Analytiker, kannst uns helfen." Er grinste. Die Zähne strahlten unnatürlich weiß. Wenn er die Zeit, die er für die Wartung seines Erscheinungsbildes aufbrachte, in Arbeit investierte, wären zwei Drittel der Tabellen fertig, bevor er mich fragte.

Ich schüttelte den Kopf. Diese Übersicht sollte er anlegen. Meine Hände ballten sich zu Fäusten.

„Ich teile Dir die Details mit", fuhr Peter fort.

Die zaghafte Auflehnung blieb unbemerkt. Die Ablehnung, mein innerer Kampf. Ich musste die Absage ausformulieren. Er überginge sie, sagte ich sie nicht klar und deutlich.

„Ich kann keine Zeit erübrigen", stammelte ich, „Ich muss weiter. Habe was Wichtiges zu erledigen." Ich dachte an das Formular, an den Kugelschreiber. Novotny zog die dunklen, gezupften Augenbrauen hoch. Er war überrascht, auf Widerstand zu stoßen.

Ich konnte seine nächsten Worte nicht glauben. Er gab sich geschlagen. Vorerst.

„Gut, ich komme später bei Dir vorbei und bringe Dir die Unterlagen. Das kommt mir gelegen. Mein Termin ist dringend. Ich muss weiter", lächelte er und begann hektisch weiter nach oben zu streben. Er nahm zwei Stufen mit einem Schritt. Ich vermutete, dass ihn sein Chef erwartete, was mir einen kleinen Sieg einbrachte. Die Schlacht war gewonnen, der Krieg nicht. Er käme erneut auf mich zu. Ich musste aufmerksamer sein. Bei Novotny und auf der Treppe. Nicht jedes Gespräch verliefe erfolgreich, wie dieses.

Ich atmete erleichtert aus, ging die fünf Treppenstufen bis ins Mezzanin und überquerte das Plateau. Im Hochparterre hatte ich Novotny vergessen und dachte an die Botschaft. Bald fände sie ihren Weg aus den Gedanken in die Hand, in den Kugelschreiber, auf das Papier, das ich mir zurechtgelegt hatte. Ich malte mir das Schreiben in den schönsten Farben aus. Ich säße in meinem Büro. Der Zimmerkollege beim Frühstück oder Mittagessen. Stille um mich herum. Der von Tinte getränkte Ball, an der Spitze der Mine, rollte über den glatten, weißen Zettel und formte Worte. Jeder Buchstabe, den der Kugelschreiber auf das Blatt brächte, erleichterte den Druck, verminderte das Verlangen und bald wäre der Geist frei.

„Vorsicht!", hörte ich eine weibliche Stimme. Ich hatte den Blick gesenkt, die Gedanken weit weg. Die junge Kollegin, Doris Horvat, hatte ich übersehen. Sie kam mir auf den Stufen entgegen und ich rannte sie um, machte ich einen Schritt mehr. Ich zuckte vor Schreck zusammen und riss den Kopf nach oben, die Augen aufgerissen.

„Entschuldigung", sagte ich rasch und hob die Hände zu einer abwehrenden Geste. Ich war unschuldig, wollte das nicht, sollte die Bewegung ausdrücken. Sie lächelte. Die dunklen Augen leuchteten mich freundlich fordernd an. Ich wusste, mir stünde ein Gespräch bevor. Erneut. Mir wurde kalt. Auf was war Doris aus?

„Macht nichts", begann sie, in einer zwanglosen, entgegenkommenden Art. Sie war dreiunddreißig, schlank und hatte meine Größe. Die schwarzen Haare zu einem Pferdeschwanz zusammengebunden, der bei jeder Bewegung auf und ab wippte. Über der blauen Bluse trug sie eine Strickweste, um die ich sie beneidete. Sie verspürte keine Kälte.

„Was für ein Zufall, dass ich Dich hier antreffe. Das muss Schicksal sein", führte sie aus.

„Schicksal?", fragte ich und schluckte. In mir machte sich Angst breit. Sie wollte was von mir. Doris war froh, mich zu treffen. Das war nicht gut.

„Ich bin auf dem Weg zu Brunners Geburtstagsfeier. Du kannst mich begleiten", sagte sie. Brunner hatte Geburtstag? Alexander Brunner war ein Abteilungskollege von der netten Kollegin. Sie arbeiteten beide für Marlis Schmidt und griffen in Ausnahmefällen auf meine Dienste zurück. Mir wurde der Mund trocken. Kalte Schweißperlen rannten mir die Stirn herab. Eine Geburtstagsfeier? Viele Menschen auf kleinstem Raum, die sich in gespielter Fröhlichkeit mit Alkohol zuschütteten. Sie zogen über andere Mitarbeiter her und nahmen bei belegten Brötchen kein Blatt vor den Mund. Die Leute beglückten jeden mit belanglosen Geschichten und erfreuten die Gäste mit ihren Nichtigkeiten. Die Essenz dessen, was ich unter allen Umständen vermeiden wollte. Geballt in einem engen Büroraum ohne Ausweg. Nein, dort konnte ich nicht hingehen. Ein Albtraum, der mich von meiner Aufgabe abhielte.

„Ich kann nicht", brachte ich hervor und knetete nervös die Hände. Doris lächelte. Sie schien unbeeindruckt von dem Einwand.

„Ach was! Hast Du zu tun? Fünf Minuten wirst Du opfern können", meinte sie. Doris machte einen Schritt auf mich zu und stand eine Treppenstufe unter mir. Ich wollte zurückweichen. Es wäre unhöflich und sie merkte es mit Sicherheit. Ich blieb stehen. Stellte mich der körperlichen Nähe.

„Ich habe Arbeit. Wichtige Arbeit", startete ich einen erneuten Versuch, die Einladung abzuschmettern.

„Die wird warten müssen", entgegnete die junge Frau. Sie ließ nicht locker. Ich musste das Nein sagen üben. Sie packte mich mit den langen, schlanken Fingern am Oberarm. Ein Schaudern durchlief meinen Körper. Doris machte einen Schritt hinauf. Sie stand auf derselben Stufe wie ich und drehte mich Richtung Mezzanin. Ich konnte keine Gegenwehr leisten. Ihre Hand nicht vom Arm abschütteln. Ich gab nach. Vollzog die Drehbewegung. Andernfalls wäre sie beleidigt gewesen. Ein harter Kampf. Der Besuch der Feier rückte weiter in meine Realität. Das Formular und der Kugelschreiber entfernten sich. Ich sah über die Schulter, ins Parterre, wo das Büro lag. Der Computer. Meine Zukunft. Die Augen füllten sich mit Tränen. Ich konnte nicht mit. Musste mich wehren. Nein sagen.

„Ich habe kein Präsent!", rief ich aus. Es war die Erlösung. Die Ausrede. Ohne Geschenk aufzutauchen, wäre unhöflich und ungern gesehen. Doris könnte dem Argument nichts entgegensetzen. Sie gäbe nach, ließe ihren Kollegen gehen. Ich war erleichtert und wollte mich umdrehen.

Die Hand mit den lackierten, langen Fingernägeln behielt den festen Griff bei. Ich hatte den Eindruck, die Nägel bohrten sich wie Krallen in meinen Oberarm. Sie hatte ihr Opfer gefangen. Wie eine Spinne im Netz. Die Klauen ließen nicht mehr los, bis wir Brunners Büro erreichten.

„Du brauchst Dir keine Sorgen machen", sagte sie mit einem Grinsen, vom Sieg überzeugt, „Brunner freut sich, wenn Du teilnimmst. Du kommst mit. Keine Widerrede." Ihr Ton wurde schärfer. Ich war mit den Kräften am Ende. Ich musste den Weg, den mir der Wirtschaftsstellenleiter gewiesen hatte, verlassen. Mir blieb keine Wahl.

Der Duft von Frühlingsblumen stieg mir in die Nase und vernebelte mein Denken. Es war Doris´ Parfum. Sie gab alles, um ihr Ziel zu erreichen. Ich war ihr Gefangener, ihr Sklave. Willenlos ließ ich sie mich die Treppe aufwärtsschieben. Ich hatte versagt. Gab nach. Ging auf die Feier. Stumm und mit hängendem Kopf nahm ich eine Stufe nach der anderen. Wir arbeiteten uns in den ersten Stock vor. Von dieser Etage war ich vor ein paar Minuten gekommen. Doris redete auf mich ein. Ich verstand die Worte nicht. Ich dachte an Tulpen, Märzenbecher und Hyazinthen. Ich sah ihre dunkelblauen Turnschuhe aus Leinen, wie sie leicht von einer Treppenstufe zur nächsten sprangen. Sie führte mich durch die Glastür auf den Gang. Vorbei an Joachim Mosers Büro. Auf dem Namensschild neben der Tür, bei der wir anlangten, stand Marlis Schmidt, Abteilungsleiterin.

„Wir sind da. Die Feier findet im Zimmer meiner Chefin statt. Das ist größer", sagte sie und drückte die Messingklinke herunter.

Die Tür schwang auf. Doris ließ ihre Hand von meinem Oberarm nach unten gleiten und ergriff die Finger. Sie zwinkerte mir zu und zerrte mich in das Büro.

Es hatte die doppelte Grundfläche von meinem und war mit einem Schreibtisch, zwei verschlossenen Schiebetürschränken und einem großen Besprechungstisch eingerichtet. Die gesamten Möbel waren in hellem Ahorn furniert. Auf den schwarzen Stühlen um den Tisch saß die Gesellschaft.

„Seht, wen ich mitgebracht habe!", rief Doris in den Raum. Alle Augen richteten sich auf den Neuankömmling. Mir wurde übel. Meine Begleiterin schlug mit dem Fuß die Tür hinter uns zu. Sie flog mit einem Krachen ins Schloss, das meinen Körper zusammenzucken ließ. Das Geräusch vermittelte mir Endgültigkeit. Mich schauderte.

„Ich habe ihn auf dem Weg hierher getroffen. Er wollte mit uns feiern", sagte sie. Was für eine Lüge! Sie präsentierte das Opfer der Veranstaltung. Das Festmahl der Vampire. Ich stand vor der verschlossenen Tür, den musternden Blicken der Monster hilflos ausgeliefert. Das Herz pochte bis in die Schläfen. Ich musste etwas unternehmen! Sofort!

Ich hob die Hand zum Gruß. „Hallo", sagte ich zaghaft. Eine Frau um die Fünfzig erhob sich. Sie hatte gestutzte, dunkle Haare und war mit einem zu kurzen Rock, Stöckelschuhen und einer dünnen Bluse bekleidet. Sie erfröre, wenn sie nichts überzöge.

„Willkommen. Nimm Platz. Wir brauchen ein weiteres Glas", grüßte sie und nahm ihren Sitzplatz ein. In meinem Kopf rasten die Gedanken. Ich dachte an das Formular A23, an Frühlingsblumen und an die zarte Hand, die

die meine hielt. Die langen Finger zogen mich Richtung Tisch. Doris ließ los, schob einen der Stühle unter dem Besprechungstisch hervor und setzte sich. Sie deutete auf den Platz neben ihrem. Ich schloss die Augen und konzentrierte mich. Als ich sie öffnete, erkannte ich die Mitglieder der Feiergesellschaft.

Die Dame, die mich willkommen geheißen hatte, war Marlis Schmidt. Rechts neben ihr saß Maria Gruber, eine zurückhaltende, junge Frau mit langen, blonden Haaren. Es folgte Andreas Rossi, der mir zuprostete, als mein Blick auf ihn fiel. Ihm gegenüber saß Bernd Berger. Sein Stuhl stand weiter hinten als die der anderen. Er musste dem dicken Bauch ausreichend Platz bieten. Zwischen ihm und der Chefin saß Alexander Brunner, das Geburtstagskind. Er wurde fünfunddreißig. Mit einem Meter fünfundachtzig war er groß und er hatte einen stämmigen Körper. Die blonden Kopfhaare waren nicht länger als der helle Dreitagebart. Alexander, von den Anwesenden kurz Alex genannt, erhob sich und schob die Tür von einem der Schränke zur Seite, um ein Glas herauszunehmen. Er trug ein orangefarbenes Poloshirt über den blauen Jeans.

„Geben wir Euch was zu trinken", kommentierte er sein Handeln. Die Menschen um die Tafel waren alle Mitarbeiter aus Schmidts Abteilung.

Ich stand zitternd hinter dem Stuhl, den Doris mir angeboten hatte. Ich wagte es nicht, mich zu setzen. Meine Augen richteten sich auf die kalten Platten, die am Tisch verteilt auf Zugriff warteten. Es gab Brötchen mit Lachs, welche mit Schinken und ein paar mit Aufstrich. Schüsseln mit Chips und Erdnussflocken waren dazwischen drapiert. Weitere Personen, die sich ebenfalls im Raum befanden, blieben von mir unentdeckt, bis ich von der Seite angesprochen wurde.

„Dass wir uns hier erneut sehen, war nicht zu erwarten", sprach eine bekannte, frostige Stimme. Ich hatte sie kürzlich im Treppenhaus gehört. Der Atem setzte aus. Ich vergaß die Menschenmenge und drehte den Kopf. Mein Geist wusste, welcher Anblick ihn erwartete.

Es war Peter Novotny, der seine Hand auf meine Schulter gelegt hatte und mich angrinste.

„Du? Auf der Feier?", schoss es aus mir heraus und es war klar, dass es zu schnell, zu überrascht kam.

Novotnys Grinsen wurde breiter und in seinen Augen loderte das Feuer: „Da staunst Du! Konntest Du die wichtige Arbeit verschieben?"

Er hatte den Plan auffliegen lassen! Die Ausrede von vorhin als Lüge abgestempelt, obwohl sie keine gewesen war. Ich musste die Botschaft schreiben! Ich hatte Bedeutendes zu tun! Doris hatte mich abgelenkt, eingefangen. In die Unterwelt gebracht, wo die Qualen einer Geburtstagsfeier warteten. Und jetzt das Joch durch Peter Novotny und seine Schinderei. Ich konnte ihm nicht ausweichen, ohne die Feier zu verlassen. Brunner nähme mir das übel. Doris wäre beleidigt. Ich dachte nach. Mir fiel kein Ausweg ein. Ich musste mich Novotny stellen.

Ich erwog, Peter vor den Kopf zu stoßen und ihm kundzutun, dass er sich die Arbeit in den Arsch stecken könne. Im selben Moment, in dem mir der Gedanke kam, war ich entsetzt über die Aggression, die in mir wuchs. Die Worte mussten bei mir bleiben. Sie lösten einen Skandal aus und machten mich bei den Anwesenden unbeliebt. Vor allem bei Novotny, der die Angriffe in diesem Fall verstärkte. Ich konnte ihm das nicht sagen. Ich

war zu feige. Wenn er begänne, von der Aus-
arbeitung zu reden, gäbe ich nach. Mein Blick
richtete sich zum Boden. Es war mir unmöglich, ihn zu besiegen.

ABSCHNITT 7 – FORTSCHREITENDE PROBLEME

„Weitere Beschwernisse und unerwartete Hilfe."

Ich bemerkte nicht, dass hinter Novotny noch jemand stand, den er jetzt zu sich winkte.

„Wir können gleich über die Arbeit reden. Wie es der Zufall will, ist mein Chef hier", sagte Novotny. Rudolf De Jong tauchte neben ihm auf.

Ich brach innerlich zusammen. Der Sieg von vorhin löste sich in Rauch auf. Die Botschaft schriebe ich nicht mehr. Wenn das alles hinter mir läge, wäre die Kanzlei geschlossen. Der Kugelschreiber außer Reichweite. Das Gespräch mit De Jong, die Feier, der Rückweg. Das dauerte zu lange. Ich hatte verloren. Ich war vernichtet. Novotny hatte Hilfe. Konnte ich mich im Treppenhaus noch wehren, war die Macht, die ihm jetzt den Rücken stärkte, zu groß, als dass ich gegen sie ankäme. De Jong wandte sich im Zweifelsfall an meinen Abteilungsleiter. Sie bekämen ihren Willen.

Blass und gebrochen beobachtete ich den großen, dicken Mann. Er sah mit dem dunklen, dreiteiligen Anzug eindrucksvoll aus. An den Ärmeln des weißen Hemdes glitzerten teure Manschettenknöpfe. Die schwarzen, handgenähten Maßschuhe glänzten. De Jong legte Wert auf sein Auftreten. Das erklärte die kläglichen Versuche Novotnys, es ihm gleich zu tun und sich durch Trauerkleidung bei ihm beliebt zu machen. Der Chef wusste, dass der Mitarbeiter ein nicht ernst zu nehmender Abklatsch seiner Person war.

De Jong sah mich von oben herab an. Jede Strähne des grauen Scheitels lag, wo sie hingehörte. Der weiße Vollbart war kurz gestutzt und sollte ihn weise erscheinen lassen. Das Sektglas verschwand in der tellergroßen Hand.

„Ich begrüße Sie!", bellte er mich mit tiefer Stimme an. Mit Rudolf De Jong war niemand per Du. „Ich habe Sie nicht auf der Feier erwartet. Da ich Sie hier treffe, will ich die Gelegenheit nutzen. Ich bedanke mich für Ihre Unterstützung bei der Erstellung der Tabelle über die Einsätze der Kanalreinigungsfirma. Sie werden sehen, es wird weniger Arbeit, als Sie denken."

Ich sah ihn mit großen Augen an. „Kanalreinigungsfirma?", stammelte ich. In diesem Moment hatte ich das Gespräch mit seinem Mitarbeiter vergessen. Ich erinnerte mich nicht, was Peter von mir gewollt hatte.

De Jong zog die Augenbrauen zusammen und wandte sich an die Person neben ihm: „Novotny, haben Sie ihn noch nicht informiert?"

Peter zuckte. Er hatte mich die ganze Zeit hämisch grinsend angestarrt und nicht erwartet den Zorn des Vorgesetzten abzubekommen.

Er fasste sich schnell, sah den Chef an und antwortete: „Doch habe ich. Er erwähnte, dass er Wichtigeres zu tun habe, als unsere Tabelle." Sein vernichtender Blick richtete sich auf mich. Die wasserblauen Augen De Jongs glotzten ebenfalls in dieselbe Richtung und schienen meinen Kopf zu durchbohren.

„Sie meinten damit diese Feierlichkeit?", sprach er mich an. Ich wusste nicht, was ich antworten sollte. Ich hatte gegenüber Novotny von Arbeit gesprochen, wurde von Doris abgelenkt und war jetzt hier. Die Tabelle abgelehnt, die Feier angenommen. Welches Bild vermittelte ich De Jong? Es war gerecht, wenn er wütend war. Ich senkte den Blick und starrte auf die Maßschuhe des großen Mannes.

„Scheinbar meinte er diese Veranstaltung, Herr De Jong", goss Peter Öl ins Feuer.

Der Abteilungsleiter trat einen Schritt auf mich zu: „Wenn das stimmt, macht es Ihnen mit Sicherheit nichts aus, dass wir jetzt darüber reden." Er ergriff meine Schulter mit der tellergroßen Pranke und stellte sich neben mich.

Ich verschwand in der riesigen Achselhöhle und flüsterte: „Ich habe was Wichtiges zu tun. Das war die Wahrheit. Ich wurde von Doris verführt, herzukommen. Ich dürfte nicht auf dieser Feier sein." Ich wandte den Blick von De Jong ab. Ich spürte, dass er nickte.

Seine Stimme nahm einen einfühlsamen, väterlichen Tonfall an: „Ich verstehe. Man kann einer hübschen Frau keinen Korb geben. Glauben Sie mir, mir geht es nicht anders." Er entließ mich aus der Umarmung, stellte sich gegenüber und legte beide Hände auf meine Schultern. Er sah mir tief in die Augen und sprach mit schärferem Ton weiter: „Wenn Sie ihre Arbeit wegen der Feier verschieben konnten, wird Ihnen das bei unserer Tabelle noch leichter fallen. Sie müssen wissen, der Auftrag für die Auswertung kommt von der Führungsspitze. Nichts könnte wichtiger sein."

De Jong redete auf mich ein. Die Worte drangen in meinen Geist. Fingen an, erfolgreich Überzeugungsarbeit zu leisten. Ich versuchte, mich zu wehren. Ich musste die Botschaft schreiben. Hier zu feiern war falsch. De Jong zuzuhören war falsch. Ich sollte im Büro sitzen und das Formular A23 ausfüllen. Stattdessen begann ich, an die Bedeutsamkeit der Tabelle über Kanalreiniger zu glauben.

„Wissen Sie", fuhr der Abteilungsleiter fort, „ich war bei den Herrschaften. Sie gaben mir den Auftrag, den ich jetzt, voller Vertrauen, an Sie weitergebe. Es ist nicht meine Schuld, wenn ich Sie ersuchen muss, die Feier sofort zu verlassen, in Ihr Büro zu gehen und an der Liste zu arbeiten. Die da oben wollen sie. Sie brauchen sie. Begreifen Sie das?"

Ich nickte. „Verstehe.", flüsterte ich. De Jong hatte Kontakte zu den Herrschaften, wie alle die Führungsriege des Amtes nannten. Das wusste jeder. Ich musste ihm glauben, wenn er behauptete, dass der Auftrag von ihnen kam. Oder schob er die Herrschaften vor, um seiner Tätigkeit mehr Belang zu geben? Ich traute es ihm zu. De Jong war ein guter Taktiker und schreckte vor Lügen nicht zurück. Niemand könnte mir sagen, ob die Order von oben kam, außer den Herrschaften, zu denen mich keine Menschenseele brächte, um nachzufragen. Das Beste wäre, ich verließe die Feier, zu der ich ohnehin ungern gegangen war, und machte die Arbeit für De Jong. Ich benutzte die Tabelle als Ausrede, damit ich Alex und Doris nicht beleidigte, wenn ich ginge.

„Na bitte, Sie verstehen. Lobenswert und unvorhersehbar. Rasche Einsicht bedeutet schnelle Arbeit. Die Herrschaften werden zufrieden sein", sagte De Jong, „Ich will Sie nicht unnötig aufhalten." Er ließ mich los. Ich schaute die beiden Personen, die mir gegenüberstanden, an. Alle zwei grinsten. Der Chef selbstzufrieden, der Mitarbeiter gehässig. Ich hasste sie. Der Kugelschreiber, die Botschaft. Die Erfüllung meiner Bestimmung war in weite Ferne gerückt. Ich presste die Lippen aufeinander. In den Augen bildeten sich Tränen des Zorns. Mir wurde meine Hilflosigkeit bewusst. Gegen den Abteilungsleiter konnte ich nichts ausrichten. Bei den Herrschaften noch weniger. Ich spürte, wie das Gesicht warm wurde, als die Zornesröte aufstieg. Die Hände ballten sich zu Fäusten. Ich schlüge zu, wenn mich die Feigheit nicht davon abhielte. Das Grinsen der beiden Herren wurde breiter.

Sie bleckten die Zähne, bereit ihr Opfer mit Haut und Haaren aufzufressen.

Jäh schob sich ein gefülltes Sektglas vor meine Augen und durchtrennte den Blickkontakt zu den Kontrahenten.

„Jetzt ist es genug", sagte eine Stimme neben mir. Es war Alexander Brunner, das Geburtstagskind. Ich war überrascht. Die Wut verflog.

„Ich habe Dir was zu trinken gebracht", meinte er zu mir und lächelte mich an. Ein Schritt von ihm drängte meinen Körper nach hinten und er brachte seine stämmige Statur zwischen mich und die beiden Vampire. Alex nahm meine Hand, hob sie an und drückte das Glas hinein. Er drehte das Gesicht zu De Jong und Novotny und schmunzelte.

„Was mischen Sie sich ein!", rief der Abteilungsleiter.

Brunner zuckte mit den Schultern: „Es ist meine Geburtstagsfeier. Auf der wird nicht von Arbeit gesprochen. Hier wird ein Fest begangen. Sie können ihn gerne ansprechen, wenn er die Feier verlassen hat und zurück am Arbeitsplatz ist." Er deutete mit dem Daumen über seine Schulter auf mich. Das Grinsen verflog aus den Gesichtern der Widersacher.

Jetzt wurde De Jongs Kopf rot vor Zorn: „Was bilden Sie sich ein! Der Auftrag ist von größter Wichtigkeit. Er duldet keinen Aufschub. Treten Sie zur Seite."

Bevor der dicke Mann handgreiflich werden konnte, machte Alex eine abwehrende Geste mit den Handflächen. Entspannt sprach er die beiden an: „Wenn er meiner Feier ferngeblieben wäre, träfen Sie ihn erst nach dem Geburtstag. Sie dächten an andere Dinge, als an Arbeit. Wir wollen annehmen, dass es auf diese Art vonstattengegangen ist. Gehen wir davon aus, dass er in seinem Zimmer ist. Nicht ansprechbar. Entweder Sie amüsieren sich, oder Sie verlassen das Büro."

Man erkannte, dass De Jong innerlich kochte. Der weiße Bart und die grauen Haare umrahmten ein Gesicht, das man im Dunkeln rot leuchten sehen könnte. Er richtete sich zu voller Größe auf und überragte Alex um eine Kopflänge. Der Abteilungsleiter griff mit der rechten Hand an die rechte Schulter des Geburtstagskindes und versuchte, ihn zur Seite zu schieben. Er wollte freien Zugang zu seinem Opfer. Brunner hatte sich todesmutig dazwischengeworfen und bezahlte den Preis. Er wurde unschuldig in meine Auseinandersetzung hineingezogen und trachtete danach, mich selbstlos retten.

Bevor De Jong Druck auf den Oberkörper ausüben konnte, stand am Fußende des Besprechungstisches Marlis Schmidt auf.

„Reißen Sie sich zusammen, De Jong!", rief sie quer durch ihr Zimmer, „Das ist Brunners Feier. Sie haben sich eingeladen und verdanken es seiner Gutmütigkeit, dass er Sie bleiben ließ. Und jetzt zollen Sie ihm keinen Respekt. Im Gegenteil. Sie wollen handgreiflich werden, was für Sie erhebliche Konsequenzen bedeuten könnte. Darauf können Sie sich verlassen. Lassen Sie ihn los. Sofort."

Die als freundlich und lustig bekannte Abteilungsleiterin hatte ihre strenge Seite, wie ich feststellte. Der große, stattliche Mann im dreiteiligen Anzug war beeindruckt. Er hatte den Kopf in ihre Richtung gedreht, als sie aufgestanden war. Jetzt starrte er sie hasserfüllt an. Sie hielt dem Blick stand.

„Wie Sie wünschen", murmelte er nach einer gefühlten Ewigkeit der nonverbalen Auseinandersetzung und ließ Alex los. Er richtete den Kragen des orangefarbenen Poloshirts und klopfte ihm freundschaftlich auf die Schulter. „Nichts für ungut. Ich wollte Ihre Feier nicht stören." De Jong wandte sich an seinen Mitarbeiter: „Novotny, wir gehen. Wir haben zu tun. Im Gegensatz zu jenen, die den Tag mit Feiern verbringen." Der Abteilungsleiter sah Brunner auffordernd an, der einen Schritt zur Seite machte, um die beiden vorbeizulassen.

Die Feiergesellschaft hatte die Augen auf die Szene gerichtet und warf den Männern ihre Blicke nach, als sie sich aufmachten davonzugehen.

De Jong stoppte neben mir und sprach: „Wir kommen auf Sie zurück. Verlassen Sie sich darauf." Er ging weiter, öffnete die Tür und verließ das Zimmer. Peter Novotny folgte ihm wie ein Schoßhündchen. Er hielt sein Augenpaar gesenkt. War zu feige, mir in die Augen zu sehen. Brunner hatte für mich den Sieg errungen.

Als die weiße Tür ins Schloss fiel, sagte Schmidt: „Machen wir weiter. Auf das Geburtstagskind!" Sie hob ihr Glas und prostete Brunner zu.

Alex lächelte und drehte sich zu mir. „Komm, setz Dich", meinte er und schob meinen Körper sanft zum leeren Stuhl neben Doris. Die Situation war mir unendlich peinlich. Ich wagte es nicht, die anderen anzusehen. Alex war für mich eingesprungen. Er hatte den Kampf ausgefochten, den ich schlagen sollte. Er war ein Held. Hatte das Opfer gerettet und verdiente Besseres, als einen Typen wie mich auf seiner Geburtstagsparty.

„Ich kann nicht bleiben", murmelte ich ihm zu.

„Klar kannst Du bleiben. Du musst bleiben. Nach allem, was passiert ist, um Dir das Hierbleiben zu ermöglichen, lass ich Dich nicht mehr gehen!" Er lachte und ging zurück zu seinem Platz.

Ich schaute Doris flehend an. Sie musste mir einen Rat geben, wie ich mich verhalten sollte. Sie verstand meinen Blick und deutete mit den langen Fingern auf den Stuhl neben sich: „Setz Dich. Nimm es nicht zu schwer. Entspann Dich und trink was", redete sie mir zu.

Unsicher zog ich den Sessel unter dem Tisch hervor und nahm den Sitzplatz ein. Als ich an ihrer Seite saß, lächelte sie mir zu: „Ich stelle Dich den anderen vor, wenn Du sie nicht ohnehin kennst."

Langsam beruhigte ich mich. Ich nickte und hörte aufmerksam zu, als sie mir die Namen der Anwesenden verriet. Alle grüßten freundlich und meinten, sie seien erfreut, mich kennenzulernen. Ich wurde in die Gesellschaft aufgenommen. Marlis Schmidt, Maria Gruber, Andreas Rossi, Bernd Berger und das Geburtstagskind saßen rund um den Tisch und prosteten mir zu, als sie vorgestellt wurden.

Doris stellte mir eine weitere Person vor, die mir in der Aufregung bisher nicht aufgefallen war. Sie saß hinter dem Schreibtisch auf dem dazugehörigen Drehstuhl. Sie machte Telefondienst und wollte in der Nähe des Hörers sitzen. Es war eine hübsche, junge Frau, Mitte zwanzig, mit kurzen, blonden Haaren und einer weißen Bluse. Sie hieß Petra Melnik.

Nachdem die Vorstellungsrunde zu Ende war, hob Schmidt erneut das Glas und wir tranken auf die fröhliche Gesellschaft, die von allen störenden Faktoren befreit war.

ABSCHNITT 8 – INITIATION UND TRANSFORMATION

„Empfang des Schatzes, der die Welt des Alltags, aus welcher der Held aufgebrochen ist, retten könnte. Dieser Schatz kann in einer inneren Erfahrung bestehen, die durch einen äußerlichen Gegenstand symbolisiert wird."

Ich nippte an meinem Sektglas. Doris nahm eine Schüssel mit Erdnussflocken und bot mir die Knabbereien an. Ich griff zu. Sie lächelte. Die Gesellschaft erzählte Witze und Anekdoten aus ihrem Alltag. Es wurde viel gelacht. Ich schaute mich um und das Büro erschien mir hell und freundlich. Mir fiel auf, dass auf den Schiebetürschränken blühende Blumen standen, die dem Raum Wohnlichkeit und Farbe verliehen. Ich überlegte, ob ich das Umfeld in meinem Zimmer verändern sollte. Der Kollege stimmte mit Sicherheit zu, wenn ich Zimmerpflanzen aufstellte und das Licht beim Erscheinen einschaltete. Ein paar Bilder könnten nicht schaden. Schmidt hatte einige Exemplare moderner Kunst an den weißen Wänden hängen. Sie passten gut in den einladend gestalteten Raum.

Ich nippte erneut am Sekt. Andreas Rossi erzählte vom letzten Besuch in der italienischen Heimat. Sein Wesen war, wie das Land, aus dem er stammte, von Sonne durchflutet. Er lächelte unentwegt und hatte keine Scheu davor sich über seine Person lustig zu machen. Nach einer Viertelstunde nahm ich meinen Mut zusammen, stand auf und ging zu Alex Brunner. Ich hatte vor, ihm für seinen Einsatz zu danken und mich zu entschuldigen. Ich hatte kein Präsent. Ich umrundete den Tisch, schlich hinter den Kollegen vorbei, bis ich ihn erreichte. Zaghaft tippte ich ihm auf die Schulter. Er drehte den Kopf zu mir und sah mich aus der sitzenden Position an.

Als ich seine Aufmerksamkeit hatte, begann ich zu sprechen: „Ich wollte mich entschuldigen. Ich bin ohne Geschenk gekommen. Ich wurde von Doris im Treppenhaus überrascht. Sie hat mich mitgenommen. Ich konnte keine Vorbereitungen treffen." Ich senkte den Blick.

Alex lächelte: „Vergiss das Mitbringsel. Dass Du hiergeblieben bist, ist Geschenk genug."

Ich traute meinen Ohren nicht. Zuerst stellte er sich zwischen mich und die Widersacher und jetzt behandelte er den zuvor Leidtragenden mit einer Wertschätzung, die ungewohnt war.

Was stimmte nicht mit Brunner? Fiel ich einem groß angelegten Scherz zum Opfer? War das alles ein abgekartetes Spiel und jemand goss mir einen Kübel Blut über den Kopf, wie bei Carrie, dem Roman von Stephen King? Ich stand dem Entgegenkommen der Menschen hier im Raum ungläubig gegenüber. Es erschien mir unwirklich. Brunner hatte mich gerettet. Das war eine Tatsache. Er verdiente den Dank. Egal, was käme.

Ich musste das Geburtstagskind zu lange schweigend angesehen haben. Alex fragte aus der verdrehten und ungemütlichen Position, den Kopf nach hinten gebogen, um mein Gesicht zu sehen: „Noch was?"

Ich brauchte einen Moment, um die Gedanken zu ordnen. „Ich wollte danke sagen", erklärte ich.

„Bedanken? Wofür?", entgegnete Brunner. Ich ging in die Hocke, um Alex' Nacken zu schonen und um auf ihn aufzusehen. Dies erschien mir angebrachter, als dass er auf das vermeintliche Opfer aufsah.

„Du hast Dich für meine Person eingesetzt. Hast mich verteidigt. Gegen De Jong und Novotny."

Brunner zuckte mit den Schultern. „Die Beiden? Aufdringliche Schleimer. Sie haben von der Feier gehört und tauchten im Zimmer auf. Es wäre besser gewesen, sie sofort wegzuschicken."

Ich nickte: „Sie wollten mir das Fest verderben, wie sie mir alles vermiesen wollen, was ich tue. Sie geben mir Arbeit, die sie erledigen sollten und wissen, dass ich mich nicht wehren kann."

„Das hat sich heute geändert, nehme ich an?", grinste Alexander.

Ich hob meine Schultern: „Sie werden wiederkommen."

„Und Du wirst ihnen sagen, dass Du keine Zeit hast. Du kannst behaupten, Du arbeitest für Marlis. Sie deckt uns jederzeit gegen De Jong." Brunner deutete auf die Chefin, „Sie hasst ihn. Wie wir alle. Eine alte Geschichte."

Jetzt half mir Alex erneut, indem er mir Ratschläge und einen Ausweg für die Zukunft bot. Ich könnte das niemals vergelten. Es entstand eine Pause, in der wir beide schwiegen.

Brunner ergriff das Wort: „Du sagtest De Jong, dass Du Arbeit hättest und Dich Doris verführte, herzukommen? Ist das wahr?"

Mein Gesicht färbte sich rot vor Scham. Ich war schwach und sie erkannten es. Das Geburtstagskind wusste, dass ich ursprünglich vorhatte, fernzubleiben. Dass Doris der Grund war, warum ich zur Feier kam. Ich musste es ihm erklären. Ich war es dem Retter schuldig.

„Ich habe zu tun, das stimmt. Und ich bin Doris gefolgt. Ich wollte mich fernhalten. Nicht wegen Dir, weil es Deine Party ist. Ich finde Feiern grundsätzlich unerträglich." Ich blickte zu Boden und schüttelte den Kopf.

„Jetzt bist Du gerne hier?", fragte Alex.

Ich überlegte lange und sah zu ihm auf: „Bin ich." Ein Nicken bekräftigte die Aussage. Es galt ihm und mir. „Meine Aufgabe wartet. Keiner erledigt sie in der Zwischenzeit", ergänzte ich mit Wehmut. Brunner fuhr mit der Hand über den blonden Bürstenhaarschnitt.

„Wenn Du gehen musst, musst Du gehen", sagte er und seufzte. „Was ist das für eine Arbeit?", fragte er interessiert.

Ich zuckte zusammen. Ich wusste nicht, was ich ihm sagen sollte. Durfte ich von der Botschaft erzählen, oder verlöre sie ihre Aussagekraft? Schriebe er die Worte, berichtete ich vom Inhalt des Textes? Es war ein gefährliches

Spiel, welches das Werk gefährden konnte. Ich müsste die Erklärung allgemein halten. Das Anliegen präsentieren, ohne Details zu verraten. Das war womöglich das Ziel des Spektakels. Aus diesem Grund hatte sich Alex für mich eingesetzt und die Gesellschaft mir eine fröhliche Feier vorgespielt! Sie versuchten Vertrauen zu gewinnen, damit ich ihnen von der Botschaft erzählte! Genauso hinterhältig und verlogen wie alle anderen. Meine Energie war den Vampiren zu wenig. Sie wollten die Kundschaft! Ich hatte mich von der einladenden Umgebung in Sicherheit wiegen lassen, wurde von der Freundlichkeit und Hilfsbereitschaft der Menschen eingelullt. Enttäuscht und wütend stand ich auf und sah auf Alex hinab, der den Kopf erneut in die ungemütliche Position bringen musste.

„Nichts Besonderes", sagte ich kurz angebunden, „Ein paar Notizen, die ich mit einem Kugelschreiber niederschreiben wollte. Ich muss das Formular A23 ausfüllen, bevor die Kanzlei heute schließt. Das werde ich machen. Ich gehe jetzt."

Alex zog die Augenbrauen verwundert zusammen. Er war über meine schroffe Art überrascht, die ich ihm von einem Moment auf den

anderen entgegenbrachte. Ich wollte mich umdrehen, um die Gesellschaft zu verlassen, als
er mein Handgelenk ergriff. Brunner versuchte, mich aufzuhalten, gefangen zu
nehmen. Die Informationen aus mir herauszu-
saugen. Die Feiergesellschaft unterstützte ihn.
Alle Augenpaare richteten sich auf mich.

„Warte!", sagte er, „Entschuldige. Es war
meine Regel, auf der Feier nicht über die Arbeit zu sprechen und ich habe sie gebrochen.
Reden wir nicht mehr darüber." Alex ließ das
Handgelenk los. Ich blieb stehen.

„Bei Deinem Problem kann ich Dir behilflich
sein", bot er an. Ich stutze. Er wollte mir
helfen? Erneut? Hatte ich ihm und den Anwesenden Unrecht getan? Er nickte mir auf-
munternd zu. „Besser gesagt, Petra kann es."
Brunner deutete auf die Kollegin, die hinter
dem Schreibtisch saß.

Sie hatte das Geschehen beobachtet und zuge-
hört. Die junge Frau stand auf und kam zu
uns. Ihre schlanken Beine waren in blaue, eng
anliegende Jeans gepresst, die ein breiter,
schwarzer Gürtel von der weißen Bluse trennte.

„Ich habe meinen Namen gehört?", fragte sie
mit einem betörenden Lächeln. Ich verfolgte

die Entwicklung mit Argwohn. War sie die ultimative Waffe, um an die Botschaft zu kommen? Sollte sie mich verführen, wie es Doris bei der Einladung zur Feier gemacht hatte? Alex sah sie an und lächelte.

„Unser Freund braucht einen Kugelschreiber", sagte er zu ihr.

Petra zuckte mit den Schultern. „Wenn es weiter nichts ist", meinte sie gelassen und griff in die Gesäßtasche ihrer Jeans. Als die Hand erneut zum Vorschein kam, befand sich ein roter Stift darin. Petra hielt ihn mir entgegen. „Da hast Du."

Mein Mund blieb offen stehen. Ich brachte kein Wort hervor. Hier war er! Der Kugelschreiber! Das Werkzeug, das dem Verlangen ein Ende setzte! Er war in greifbarer Nähe, in der schlanken, zierlichen Hand von Petra Melnik. Innerhalb von Sekunden bewegte sie ihn in Reichweite. Vor meine Augen. Sie gab ihn mir.

„Ich arbeite in der Kanzlei. Du kannst ihn haben", sagte sie und streckte den Arm aus.

Ich starrte ungläubig den roten Stift an. Traute mich nicht, ihn zu nehmen. Langsam breitete ich die Finger aus. Umschloss den Kugelschreiber und zog ihn aus ihrer Hand. Er war mein! Die Suche fand ein Ende. Ich schriebe die Botschaft! Sobald ich im Büro war, konnte ich mit dem Notieren beginnen! Es war vollbracht. In den Augen bildeten sich Tränen. Fassungslos betrachtete ich den Schreibstift in meinen Händen. Jäh wurde mir bewusst, wem ich das zu verdanken hatte. Ich hatte sie verurteilt, ihnen Böses unterstellt. Ich schämte mich. Ich hatte den Menschen nicht vertraut. Anstatt den kleinen, misstrauischen Kollegen aus ihrer Gesellschaft auszustoßen, halfen sie mir, gaben mir den Schatz. Das Objekt der Begierde. Unvoreingenommen reagierten sie auf die emotionalen Schwankungen, auf meine Schwäche. Sie nahmen mich bei sich auf, als Freund, der Hilfe suchte. Und fand. Ich spürte das Verlangen, sie alle zu umarmen. Ich könnte singen, tanzen und frohlocken. Ein Kugelschreiber. Eine Botschaft. Kein Mangel mehr. Keine Aufgabe.

Ich umschloss den Stift fest mit den Fingern, presste ihn an die Brust. Die Situation wirkte surreal. Zu schön, um wahr zu sein. Das Formular. Ich bekam den Schreibstift ohne Antrag. Das war nicht korrekt. Ich hatte ihn mir angeeignet, ohne die Formalitäten einzuhalten. Sie nähmen ihn mir weg. Das musste

ich verhindern. Ich sah Petra an. „Das Formblatt?", fragte ich.

Sie war Mitarbeiterin der Kanzlei. Sie wusste,
welche Voraussetzungen ich zu erfüllen hatte,
um einen Kugelschreiber zu bekommen. In
ihrem Blick lagen Wärme, Geborgenheit und
Mitgefühl. Sie lächelte mich an.

„Vergiss das Formular. Ich kann mir einen
nehmen, ohne einen neuen beantragen zu
müssen. Ich sitze an der Quelle. Das ist kein
Ding. Behalte ihn."

Ich sah sie an und Tränen der Rührung flossen
mir aus den Augen. Ich blickte in die Runde.
In die freundlichen, lächelnden Gesichter. Ich
erkannte, dass es gute Menschen gab. Cha-
raktere, die einem halfen. Die jemand nahmen,
wie er war. Die Opfer für eine Person
brachten. Ungemach hinnahmen, um andere
glücklich zu machen.

„Feiern wir jetzt weiter?", fragte Alex. „Mit
Sicherheit", antwortete ich.

ABSCHNITT 9 – VERWEIGERUNG DER RÜCKKEHR

„Der Held zögert, in die Welt des Alltags zurückzukehren."

Ich kehrte an den Platz neben Doris zurück, nachdem ich Petra meine unendliche Dankbarkeit ausgedrückt hatte. Den roten Kugelschreiber steckte ich in die Brusttasche des Hemdes und ließ mir von meiner Sitznachbarin Sekt nachschenken. Genussvoll zog ich ihren Geruch nach Frühlingsblumen ein.

„Geht es Dir gut?", fragte sie. Ich überlegte. Die Auseinandersetzung mit De Jong und Novotny war überstanden. Für einen nochmaligen Kontakt hatte mir Brunner Hilfe mit auf den Weg gegeben, die Unterstützung von Schmidts Abteilung zugesichert. Ich hatte von Petra Melnik den Kugelschreiber für die Botschaft erhalten. Aufgrund der Tatsache das Formular nicht mehr ausdrucken und ausfüllen zu müssen, die Kanzlei unbesucht lassen zu können, hatte ich Zeit gewonnen. Die verbrächte ich hier, auf der fröhlichen Feier.

„Mir geht es gut", antwortete ich. Doris und ich stießen mit unseren Gläsern an. Ihr

Lächeln war hinreißend. Ich wandte mich der Gruppe zu, die Bernd Bergers Ausführungen zur letzten Zusammenarbeit mit De Jongs Abteilung lauschte. Er schilderte Begebenheiten, die mir schwer zu schaffen machten, mit einem belustigten Unterton. Die anderen warfen Scherze und Anekdoten ein, die sich auf den unleidlichen Abteilungsleiter bezogen, was die Feiergesellschaft zum Lachen brachte. Ich dachte, ich müsste sie für die Anprangerung eines Kollegen verurteilen. Stattdessen fühlte ich eine Befreiung, eine Zugehörigkeit, die mir bisher fremd gewesen war. Sie zogen nicht über De Jong her, um ihn der Lächerlichkeit preiszugeben. Sie wollten Druck abbauen. Druck, den der Leiter der Abteilung ungerechtfertigterweise auf sie ausübte und den sie loswerden mussten, um nicht an ihm zu verzweifeln.

Ich verstand ihre Intention. Man dürfe De Jong nicht ernst nehmen, sagte Marlis Schmidt. Nähme man jedes Wort von ihm für bare Münze, wäre man gezwungen zu kündigen. Man meinte, man sei unfähig, unzulänglich, zu langsam und zu ungenau, wenn man ihm Glauben schenkte.

„Du hast Deine eigenen Erlebnisse mit De Jong! Erzähl sie uns!", forderte Doris mich auf.
Ich wusste nicht, wie ich reagieren sollte. Mein Gesicht lief rot an. Wäre ich bereit über einen Mann herzuziehen, der abwesend und dadurch im Moment wehrlos war? Kalter Schweiß rann mir den Rücken hinunter. Sollte ich mein innerstes preisgeben und der Gruppe öffnen? Es kostete mich Überwindung, diese Entscheidung zu treffen.
Brunner steckte ein halbes Brötchen in den Mund und winkte mir mit der zweiten Hälfte zu: „Na los! Ich denke, Du hast viel zu berichten. Es wird Dir guttun, darüber zu reden."
Mein Blick wanderte von einem zum anderen. Alle sahen gespannt zu mir. Ich atmete tief ein. Ich berichtete ihnen. Wundersame Begebenheiten kannte ich genug. Ich wählte eine aus dem reichen Schatz und begann zu erzählen. Wie bei Berger ergänzten Schmidt, Gruber, Rossi, Brunner und Horvat die Ausführungen mit Scherzen und lustigen Einwürfen.
Mit der Zeit fiel es mir leichter, frei zu sprechen. Die Muskeln entspannten sich. Ich kam von einer Geschichte in die andere. Die Stimmung wurde besser. Bald richtete ich mich im Stuhl auf und nahm bei den Beschreibungen

Gesten und Mimik zu Hilfe. Wenn ich berichtete, dass mir ein Schachzug gegen De Jong gelungen war, applaudierte die Gruppe. Mein Grinsen wurde breiter. Mir schlug eine Zustimmung entgegen, die ich wie ein Schwamm aufsog, da sie mir im bisherigen Leben nicht entgegengebracht worden war. Ich gestaltete die Geschichten immer ausführlicher, schweifte ab. Nach ein paar Minuten ergriffen die Arbeitskollegen den Faden und aus dem Einzelvortrag entwickelte sich ein Gruppengespräch. Es wurde getrunken und gegessen. Das Thema wechselte von De Jong zu anderen Kollegen und in den privaten Bereich.

Marlis Schmidt berichtete, wie sie mit fünfzig zur Abteilungsleiterin geworden war. Die Kinder verließen das Elternhaus, was es ihr ermöglichte, sich mehr der Arbeit zu widmen. Maria Gruber, die zurückhaltend am Tisch gesessen war, taute auf und erzählte vom letzten Urlaub in der Karibik. Andreas Rossi von der Heimat, Bernd Berger vom Fußballclub, für den er sich in seiner Freizeit engagierte. Ich lauschte den Berichten der anderen und beteiligte mich an den Gesprächen. Ich verriet Anekdoten aus meinem Privatleben. Sie stießen auf große Beachtung. Die Gesellschaft zeigt Interesse an den Büchern, die ich las, den Filmen, die ich sah, und ob ich bei sozialen Netzwerken angemeldet war. Ich müsste meine Abneigung gegenüber den Onlinegemeinschaften überdenken, wenn ich mit den Kollegen elektronisch in Kontakt treten wollte. Ich saß inmitten einer Gruppe netter Leute und unterhielt mich ausgezeichnet.

Ich versank im Strudel von Sekt, Brötchen, Geschichten und fröhlichen Unterhaltungen. Ich vergaß, dass ich der Welt Wichtiges mitzuteilen hatte. Der rote Kugelschreiber steckte in der Brusttasche meines Hemdes und war kaum zu spüren. Jetzt, da ich ihn hatte, rückte die Botschaft in den Hintergrund. Die Last war von mir gefallen, nahm die Gedanken nicht mehr in Beschlag. Ich ging in den Gesprächen, in der Zuneigung und in dem Entgegenkommen der Gruppe auf. Ich verdrängte die Aufgabe. Die Gesellschaft ließ mich wünschen, dass die Feier niemals zu Ende gehen möge. Käme mir die Idee, ins Büro zurückzukehren und die Mitteilung zu notieren, schöbe ich sie zur Seite. Die Erfahrung, die ich hier machte, war einzigartig.

Diese Menschen waren keine Vampire. Sie saugten keine Energie. Jeder brachte freiwillig einen Teil seiner Lebenskraft ein. Sie vervielfältigte sich und die Partyteilnehmer konnten sie aus dem energetischen Pool entnehmen. Neue Kraft schöpfen. Die Reserven aufladen. Sie waren keine Monster. Dachten nicht daran, die anderen auszunutzen und für ihre Ziele einzuspannen. Sie trugen Hilfe an, wenn sie benötigt wurde. Man fühlte sich bei ihnen aufgehoben, umsorgt und beschützt. Eine Ausnahme, oder gab es mehr solche Geschöpfe?

Ich beschloss, zukünftig mit offeneren Augen auf Kollegen zuzugehen. Sie zu prüfen und nicht in jedem einen Vampir zu sehen. Das Leben bot mir in ebendiesen Augenblick diese Erkenntnis, hatte diese Überraschung für mich bereitgehalten und ich nahm sie dankend an. Ich genoss sie und brachte meine Person ein. Kein Gedanke an den Kugelschreiber. Kein Gedanke an die Botschaft. Ich bliebe hier. Eine lange Zeit. Ich wollte nicht in die Tristesse des Alltags zurückkehren.

ABSCHNITT 10 – VERLASSEN DER UNTERWELT

„Der Held wird durch innere Beweggründe oder äußeren Zwang zur Rückkehr bewegt, die sich mittels Flucht vor negativen Kräften vollzieht."

Ich ließ mich von der guten Stimmung treiben. Nach einiger Zeit folgte mein Rückzug aus den Gesprächen. Nicht weil ich keine Punkte mehr beisteuern wollte. Ich beobachtete die Gruppe. Marlis Schmidt, deren kurze, dunkle Haare zu ihrer Persönlichkeit passten. Maria Gruber, die, wie ich, still auf dem Sessel saß und die Menschen betrachtete. Sie drehte die langen, blonden Haarschöpfe über den Zeigefinger und lauschte aufmerksam den Dialogen. Rossi, der mit dem Stuhl hin und her schaukelte und umgekippt wäre, hielte er sich nicht rechtzeitig an der Platte des Besprechungstisches fest. Der dicke Berger mit den roten Haaren, der eine Frische und Lebensbejahung ausstrahlte, die ihresgleichen suchte. Das Geburtstagskind Brunner, der in Feierlaune war und jedem augenblicklich nachschenkte, dessen Glas leer wurde.

Ich drehte nachdenklich das Sektglas in der Hand. Was war mir bisher entgangen! Durch Ablehnung, Vorurteile und Misstrauen. Ich hatte Freunde gefunden. An einem Ort, an dem ich keine vermutete. Das hatte ich Doris zu verdanken, die mich überredet hatte, mitzukommen. Sie hatte meine Wenigkeit hierher geführt. Zur Feier, zu Petra Melnik. Der Retterin, der Erlöserin. Die hübsche, junge Frau saß auf ihrer Position hinter dem Schreibtisch und bewachte das Telefon. Sie hatte die Ellbogen auf die Tischplatte gestützt und ihr zartes Kinn in die Handflächen gelegt. Unsere Blicke trafen sich kurz und sie lächelte mir zu. Ich mochte sie. Ich mochte Doris. Ich mochte alle. Der Gedanke von ihnen getrennt zu werden, am Ende der Feier, stürzte mich in ein tiefes Loch. Ich wollte nicht an diesen Moment denken.

Ich lehnte mich zurück und streckte die Gliedmaßen von mir. Das lange Sitzen verlangte Tribut. Die Knochen knackten, die Muskeln streikten. Ich zog die Arme heran und strich mit den Handflächen über die Brust. Die linke blieb an der Tasche des Hemdes hängen. Nicht an der Tasche. Am Kugelschreiber. Ich sah nach unten und zog den Stift heraus. Das

Rot leuchtete vorwurfsvoll in meiner Hand. Der Schreibstift schien mich anzuschreien. Forderte, die Aufgabe zu erledigen. Die Botschaft. Ich hatte sie vergessen. Das Verlangen zu schreiben kam ohne Vorwarnung und stärker als zuvor zurück.

Wie konnte ich das ignorieren? Nichts war wichtiger. Wegen der Mitteilung suchte ich einen Kugelschreiber. Ich hatte mich ablenken lassen. War den Verführungen der Feier erlegen. Die Party war eine unersetzbare Erfahrung von unwiederbringlicher Intensität. Wenn ich zur nächsten Feierlichkeit ginge, wüsste ich, was ich zu erwarten hatte. Das Erleben der Erkenntnis war einzigartig. Ich musste mir eingestehen, dass das Fest, obwohl es in mir positive Gefühle geweckt hatte, mich vom Schreiben der Botschaft abhielt. Die Euphorie wurde durch den Drang, der Welt die Mitteilung zu machen, verdrängt. Das Sprechen der Menschen wurde zu einem leisen Rauschen. Der Kugelschreiber ließ meinen Blick nicht los. Ich sollte gehen. Mit letzter Kraft löste ich die Augen von dem roten Stift und sah in die Gesichter der anwesenden Partygäste.

Ich wurde wehmütig. Sie alle zurücklassen? Wegen einer Botschaft, die später geschrieben werden konnte? Ich schriebe sie noch nicht. Ich hatte Zeit. Ich bliebe. Ich sah, wie sich die Körper vor Lachen bogen, wie Tränen der Freude die Backen herunterrannen. Brunner klopfte unentwegt mit der flachen Hand auf den Tisch und stampfte im gleichen Takt mit dem Fuß auf den Parkettboden. Rossi war nach vorne gebeugt und hatte das Gesicht in der Armbeuge vergraben. Er lachte laut und mitreißend. Jemand musste einen Witz erzählt haben, den ich versäumt hatte, in Gedanken versunken.

Die freudige Stimmung wurde jäh unterbrochen, als der Apparat auf Schmidts Schreibtisch klingelte. Petra nahm ab.

„Melnik", meldete sie sich. Es folgte eine Minute des Schweigens. Sie sagte: „Der ist momentan nicht im Zimmer. Soll ich ihm was ausrichten?" Erneut Stille. „Verstehe. Mache ich." Sie legte ohne Verabschiedung auf. Ihre Augen glitten über die Anwesenden, die sie gespannt ansahen. Sie blieben an mir hängen.

Kein gutes Zeichen. Mir wurde flau im Magen. Ihr Gesichtsausdruck besagte, dass schlechte

Nachrichten bevorstanden. Sie sah besorgt aus.

„Das war Novotny", begann sie. Ich schluckte. Die Rache folgte. „Er fragte, ob Du noch hier bist." Sie musste mich nicht mit Namen ansprechen. Jeder wusste, dass ich gemeint war. Das Herz klopfte, die Hände zitterten.

„Ich sagte, Du seist gerade nicht im Zimmer", fuhr die junge Frau fort. „Er meinte, er habe den Auftrag, Dir die Unterlagen für die Kanaltabelle, den Ausdruck benutzte er, vorbeizubringen. Er kommt in ein paar Minuten."

Meine Fingerspitzen wurden kalt. Die Farbe wich mir aus dem Gesicht. Ich musste mich erneut mit Peter Novotny auseinandersetzen.

„Was bildet der sich ein, nochmals in die Feier hineinzuplatzen!" Brunner war erbost.

„Er sagte, der Anordnung käme von oben." Petra zuckte mit den Schultern. Sie hatte keine Möglichkeit es zu verhindern. Niemand könnte das. Es war meine Schuld, dass die Festlichkeit neuerlich gestört wurde. Die einzige Chance den unerwünschten Besuch kurz zu halten war, die Papiere wortlos entgegenzunehmen. Ich wollte die Entscheidung den Anwesenden mitteilen. Alex kam mir zuvor.

„Auf der Geburtstagsfeier bekommt keine Menschenseele Arbeit. Das kommt nicht in Frage."

Diese Worte zerstörten meinen Plan. Ich stieße das Geburtstagskind vor den Kopf, nähme ich die Unterlagen an. Es blieb ein Ausweg. Ich könnte gehen. Wenn Novotny mich verpasste, wäre es ihm unmöglich, mir das Zettelwerk zu geben, und er verschwände rasch. Ich hatte mit allen Unterhaltungen geführt, war lange hier. Ein Aufbruch erschiene nicht überstürzt und Brunner nicht beleidigt. Hoffte ich. Novotny war mitnichten der Hauptgrund meines Scheidens. Ich musste die Botschaft schreiben. Der Mann entschied keineswegs darüber, ob ich ginge. Er bestimmte den Zeitpunkt. Das war alles. Kein Problem. Meine Aufgabe wartete.

„Ich muss ohnehin gehen", gab ich Bescheid, bevor Alex sich noch mehr aufregte. „Wenn Novotny kommt, sagt ihm, dass ich weg bin."

Die Gesellschaft wandte ein, dass ich mich von einem Miesling, wie Novotny es war, nicht vertreiben lassen sollte. Ich meinte, dass ich zu tun hatte und diese Arbeit heute erledigen wollte. Ich dankte für die freundliche Aufnahme und verabschiedete mich von allen einzeln. Brunner sicherte mir zu, dass ich für die nächste Zusammenkunft eine Einladung erhielte. Mein Herz wurde schwer. Mit jedem Händedruck, jeder Umarmung rückte das Verlassen des Zimmers näher. Der Abschied von Petra, die mir den Kugelschreiber gegeben hatte, war der Schwerste. Und der von Doris, die durch ihre Überredungskunst die Zukunft in eine neue Richtung gelenkt hatte. Meine Sitznachbarin versprach mir, sich bei mir zu melden und mir, wenn nötig, gegen De Jong zu helfen.

Nachdem ich alle verabschiedet hatte, ging ich zur Tür, machte sie auf und warf einen letzten Blick zurück auf die mir nachsehende Truppe. Ein Kapitel meines Lebensweges, den ich nicht mehr missen wollte, ging zu Ende. Ich öffnete das Innerste gegenüber anderen Menschen. Mir standen große Veränderungen bevor. Ich drehte mich um und verließ das Büro. Die Tür fiel ins Schloss und ich erkannte, dass mir ein weiterer wichtiger Abschnitt meines Lebens bevorstand. Ich musste die Botschaft schreiben.

ABSCHNITT 11 - RÜCKKEHR

„Der Held überschreitet die Schwelle zur Alltagswelt, aus der er ursprünglich aufgebrochen ist. Er trifft auf Unglauben und Unverständnis und muss das auf der Heldenreise Gefundene oder Errungene in das Alltagsleben integrieren."

Mit langsamen Schritten ging ich vom Büro zum Treppenhaus. Der Abschied fiel mir schwer. Ich schlurfte die ersten Stufen hinab und erreichte das Mezzanin. Am Plateau wagte ich einen Blick zurück. Der Gang mit dem Zimmer, in dem die Feier weiterging, war nicht mehr zu sehen. Das Treppenhaus war leer und still. Ich stapfte weiter. Versuchte, mich auf die bevorstehende Aufgabe zu konzentrieren. Die Schritte beschleunigten sich. Im Hochparterre waren meine Gedanken mit dem Schreiben der Botschaft ausgefüllt.
In welche Form brächte ich sie? Sollte ich sie in Stichworten aufschreiben, oder ausformulieren? In Blockbuchstaben oder in Schreibschrift notieren? Die Kernaussage klar und unmissverständlich ausdrücken, oder in eine Geschichte verpacken? Viele Fragen galt es zu beantworten, bevor ich mit der Arbeit begann.

Ich erreichte das Parterre, öffnete die Glastüren des Treppenhauses und trat in den vor mir liegenden Gang. Er war hell beleuchtet. Es wirkte freundlich. Ich näherte mich der sicheren Höhle, von der ich nicht mehr wusste, ob ich sie benötigte. Ein Rückzugsgebiet, das vor den Monstern und Vampiren schützte, erschien mir unnötig geworden zu sein. Der heutige Tag hatte meine Einstellung grundlegend verändert. Ich ging aufrecht, ohne mich leise zu verhalten, an den weißen Türen vorbei. Ich hatte keine Angst, dass mir jemand dahinter auflauerte. Wenn einer der Eingänge geöffnet würde, grüßte ich die Person, die mir entgegenkäme. Ich lauschte vorurteilsfrei und aufmerksam den Worten, bevor ich mir ein Urteil bildete. Die Gelegenheit bot sich nicht. Ich erreichte ohne Zwischenfälle das Zimmer. Traf niemanden an. Ich drückte die Klinke nach unten. Die Tür war nicht verschlossen. Mein Kollege war anwesend. Ich seufzte. Die Hoffnung, beim Schreiben ungestört zu sein, löste sich in Luft auf.

Er ginge bald Kaffee trinken, dachte ich, und trat ein. Übertrat die Schwelle zwischen dem Linoleumboden des Ganges und dem Parkettboden des Büros. Der Schritt erschien mir kleiner zu sein, als jener den es brauchte, das Amtszimmer zu verlassen. Das Zimmer war hell erleuchtet. Die Neonröhren unter der Decke tauchten das Büro in grelles Licht. Es störte nicht. Wolfgang Koller saß an seinem Schreibtisch, mit Jeans und einem sportlichen, grünen Hemd bekleidet. Er studierte eine Autozeitschrift. Bei meinem Erscheinen sah er auf und betrachtete mich mit braunen Augen. Er war verwundert, dass ich das Dienstzimmer verlassen hatte und, für meine Verhältnisse, lange weg gewesen war. Ich ging zu Arbeitssitzungen oder auf die Toilette. Über die Sitzungen wusste er Bescheid, die anderen Abwesenheiten dauerten keine zehn Minuten. Der heutige Ausflug hatte ein paar Stunden gedauert. Das machte Koller misstrauisch.

Er drehte sich mit dem Schreibtischsessel in meine Richtung. Ich stand im Eingang des Zimmers und ließ die Bürotür hinter mir ins Schloss fallen.

„Hallo! Wo warst Du?", grüßte er.

In mir stellte sich das Gefühl ein, ich müsste mich rechtfertigen. Ich hielt die Anfrage des Kollegen für aufdringlich, kontrollierend. Ich schob die Emotion zur Seite. Die Erkundigung begründete sich auf Interesse, nicht auf Kontrolle. Ich ging zu meinem Platz und setzte mich. Gehend beantwortete ich die Frage: „Ich habe mir einen Kugelschreiber besorgt."

Koller stülpte die Unterlippe nach vorn und zog die Augenbrauen fragend zusammen.

„Den ganzen Tag?" Er stützte den Ellbogen auf die Tischplatte und beugte den Körper zur Seite. Er wollte an der Monitorbarriere vorbei schauen, um mein Gesicht zu sehen. Ich tat es ihm spiegelgleich und unsere Blicke trafen sich.

„Es war schwierig, die Bürokratie zu überlisten", erklärte ich.

Wolfgang grinste. „Das glaube ich. Wozu brauchst Du ihn?" Diese Frage ging mir zu weit. Ich hatte nicht vor, ihm zu verraten, wofür ich den Stift brauchte.

Mir fielen die Erfahrungen ein, die ich auf der Feier gemacht hatte. Hatte ich dem Kollegen aufgrund meines Misstrauens all die Jahre Unrecht getan? Hatte er eine zweite Chance verdient, damit ich ihn ebenso vorurteilsfrei beurteilen konnte, wie ich es bei den anderen vorhatte? Koller war kein Vampir, kein Monster. Ich sollte ihm vertrauen. Er wollte mir nichts Böses.

„Ich möchte ein paar Worte notieren, die ich der Welt zukommen lasse", sagte ich kryptisch.

Wolfgang zog die Augenbrauen hoch und musste über den letzten Satz nachdenken. „Mit einem Kugelschreiber? Das ist vorsintflutlich! Kein Mensch schreibt einen Text, den er der Menschheit mitteilen will, mit einem Kugelschreiber!", fand er und lehnte sich zurück. Der Monitor verdeckte die Sicht auf meinen Kollegen. Ich konnte die Stimme hören, das Gesicht blieb im Verborgenen.

„Der Computer ist mir zu unsicher. Die Botschaft zu wichtig", meinte ich, als ich mich ebenfalls gegen die Sessellehne fallen ließ.

„Ach was. Alle geben Schriftstücke auf dem Rechner ein", entgegnete er. Koller hatte zu jeder Zeit Argumente. Egal, ob sie stimmten, oder nicht. Ob sie belegbar waren, oder ohne nachzudenken in den Raum geworfen wurden. Er war mir unsympathisch.

Jetzt probierte er, mir meinen Plan, die Nachricht mit dem Kugelschreiber zu schreiben, auszureden. Die Geschichte, wie ich zu dem Stift kam, war ihm unbekannt. Wüsste er es, spräche er weniger abfällig darüber. Ich atmete ein. Ich musste an meinen Vorsätzen festhalten. Ich versuchte, den Einwänden Gehör zu schenken. Versetzte mich in die Stimmung, die ich bei der Feier gehabt hatte.

Er setzte seine Ausführungen fort: „Wenn Du die Botschaft mit dem Computer tippst, kannst Du sie umgehend mittels E-Mail oder dem Internet der Welt zugänglich machen. Innerhalb einer Sekunde und ohne Deinen Platz verlassen zu müssen."

Ich hörte die Worte mit der Euphorie der Geburtstagsfeier, bei der alle nett waren und mir Gutes wollten. Hatte Koller vor mir zu helfen, indem er mir diese Ratschläge gab? Ich verschränkte die Arme vor der Brust und kratzte mich am Kinn. Ich überlegte, ob ich ihm vertrauen durfte. Ob ich die Abneigung, die ich jahrelang gegen ihn gehegt hatte, von einem Moment zum anderen ablegen konnte und sollte. Die Feiergesellschaft hatte es innerhalb weniger Stunden geschafft, meine Einstellung gegenüber Menschen zu ändern. Ich musste diese Erfahrung in den Alltag integrieren.

Ich beschloss, das Gespräch nicht abzubrechen, wie ich es früher tat, wenn es mir mit Koller zu viel wurde. In sagte zu der Person hinter den Monitoren: „Ich kenne mich mit solchen Sachen nicht aus. Ich bin bei keinem sozialen Netzwerk, habe keine Internetseite und meine E-Mail-Adresse ist die vom Büro." Ich spürte, dass Wolfgang lächelte.

„Ein Computerneuling", kam die Stimme von Gegenüber, „Das ist kein Problem. Wenn Du willst, helfe ich Dir. Marketing über das Internet ist meine Spezialität." Im angeschlagenen Tonfall lagen Überzeugung und Motivation. Er war bei der Arbeit am Computer in seinem Element. Es stimmte, er konnte das. Ich kannte die Internetseite des Kollegen. Er hatte sie mir gezeigt. Sie sah professionell aus. Ich erkannte, dass ich ihm eine Freude machte, wenn ich Hilfe annähme.

„Du kannst das?", fragte ich.

„Mit Sicherheit. Ich erstelle Dir eine Seite, auf der Du die Botschaft veröffentlichst. Ich melde Dich bei sozialen Netzwerken an, mache Dir einen User, um dort zu posten. Du fügst mich als Freund hinzu und ich teile Deinen Beitrag, damit ihn viele Menschen bekommen."

Ich war überrascht. Er bot mir umfassende Unterstützung an! Er wollte mich als Freund! Der, den ich lange Zeit unausstehlich fand, der zweifellos meine Abneigung gespürt hatte, betrachtete mich als Freund! Schob er die ausgetragenen Konflikte beiseite? Hatte er beschlossen, unsere Auseinandersetzungen zu vergessen? Versuchte er einen Neustart, wie ich? Ich war mir unsicher gewesen, ob ich die Vergangenheit überwinden konnte. Er tat es in der Sekunde. Verlegen senkte ich den Blick, obwohl er es durch die Monitore nicht sah. Ich hatte mich geirrt. Er war kein übler Kerl. Und seine Ausführungen stimmten. Das Internet brächte die Botschaft schneller an mehr Menschen, als ein Stück Papier, auf das ich sie mit dem Kugelschreiber schriebe.

Ich hob den Kopf und beugte mich zur Seite. Ich wartete ab, bis er es mir gleich tat und sich unsere Blicke erneut trafen.

Ich lächelte: „Gut. Ich werde die Botschaft mit Deiner Hilfe verbreiten."

Er nickte und ließ den Körper zurücksinken. „Dann lass uns keine Zeit verlieren", sagte er und begann auf der Tastatur zu tippen.

Die Beziehung hatte eine neue Ebene erreicht. Ich sah der Zukunft mit Freude entgegen. Ich lehnte mich zurück und zog den Kugelschreiber aus der Brusttasche des Hemdes. Ich nahm in zwischen die Fingerspitzen der beiden Daumen und Zeigefinger und drehte ihn vor meinen Augen. Ich schriebe die Botschaft mit dem Computer, nicht mit dem Stift. Was hatte ich alles auf mich genommen, um diesen Schreibstift zu bekommen? Und jetzt?

ABSCHNITT 12 – HERR DER ZWEI WELTEN

„Der Held vereint das Alltagsleben mit dem neugefundenen Wissen und lässt somit die Gesellschaft an seiner Entdeckung teilhaben."

Ich durfte es nicht tun. Die Botschaft nicht ohne den Kugelschreiber schreiben. Die Zeit verflog, als ich darüber nachdachte, wie ich die Umgebung des Internets mit der Welt des Stiftes verbinden konnte. Von der anderen Seite der Tische hörte ich das Hämmern von Kollers Fingern auf der Tastatur. Er war eifrig damit beschäftigt, meine Person bei diversen Netzwerken anzumelden und eine Homepage für mich zu erstellen. Ich ließ ihm freie Hand. Er sorgte für die Verbreitung der Botschaft, davon war ich überzeugt.

Nach einiger Zeit erhob sich erneut die Stimme hinter den Monitoren: „Ich brauche die Nachricht. Ohne Text kann ich nicht werben."

Wolfgang war schnell. Er bereitete den Computer in Windeseile auf die Mitteilung vor. Ich hatte noch viel zu tun, bevor ich ihm die Verkündigung übermitteln konnte. Ich sollte damit beginnen. Der Rest ergäbe sich beim Schreiben.

Ich legte den Stift neben die Tastatur auf meinen Schreibtisch. Das leere Blatt schob ich zur Seite. Es wurde nicht mehr benötigt. Die Voraussetzungen waren verändert. Ich zog das Eingabegerät an mich heran und betrachtete den blauen Bildschirm. Ich öffnete das Textverarbeitungsprogramm. Die weiße Seite, die mir das Programm eröffnete, strahlte bedrohlich vom Monitor herab. Der Text, der sich die ganze Zeit aufdringlich in meinen Geist geschoben hatte, der darauf gedrängt hatte, aufgeschrieben zu werden, war verschwunden. Ich wollte tippen und schaffte es nicht. Das Gehirn war leer. Die Botschaft in den Gedanken unauffindbar.

War alles umsonst gewesen? Hatte ich zu lange gebraucht, um den Kugelschreiber zu finden, der unnütz geworden war? Hatte ich mich zu lange auf der Feier aufgehalten? Was sollte ich Koller sagen, der auf die Worte wartete? Ich war verzweifelt. Die Nachricht war von unbeschreiblicher Wichtigkeit! Wie konnte ich sie vergessen? Oder wollte sie nicht mit dem Computer geschrieben werden?

Durfte man sie nicht tippen? War der Schreibstift der Schlüssel zur Erkenntnis?

Er stand für die Erfahrungen, die ich gemacht
hatte, die netten Menschen, die ich kennen
gelernt hatte, als ich das sichere Büro verlassen
hatte. Ich betrachtete den roten Stift. Für ein
paar Momente schien sich das Umfeld vor
meinen Augen aufzulösen. Der Kugelschreiber
blieb. Ich nahm den Schreibstift und drehte
ihn zwischen den Fingern. Einer Eingebung
folgend, begann ich zu tippen. Nicht mit den
Fingerspitzen. Ich drückte die Tasten mit der
Spitze des Kugelschreibers. Eine nach der
anderen. Es funktionierte. Im Kopf flogen
Wortfetzen, die zu Worten verbunden wurden, die sich zu Sätzen zusammenschlossen,
Absätze bildeten. Bald war der Text erneut in
meinem Geist. Der Stift auf den Druck-
schaltern stellte die Verbindung her.

Ich überlegte, ob ich die Mitteilung in eine
Erzählung verpacken und als Buch ver-
öffentlichen sollte. Koller wäre erfreut darüber, wenn er aus dem Geschriebenen ein
Druckwerk erstellen dürfte. Die Spitze des
roten Kugelschreibers berührte einmal mehr
die Buchstaben auf den schwarzen Tasten. Ich
tippte und genoss es. Ich begann meine Bot-

schaft mit den Worten: „Ich erzähle Ihnen eine Geschichte. Eine, die ich soeben erlebte und die mich auf die Frage brachte: Bin ich ein Held?"

***

NUR EIN ROMAN

Ein Wiener Privatdetektiv wollte eigentlich nur seine Ängste aufarbeiten, als er sich zu einer Hypnosetherapie entschließt. Stattdessen erfährt er, dass sein ganzes Leben nur erfunden ist. Nur die Lösung des aktuellen Falls kann Klarheit bringen. Wird es ihm gelingen, seine Existenz zu bestätigen und den Fall zu lösen?

Autor Riccardo Rilli vermischt in seinem Krimi gekonnt Realität und Fiktion. Wer existiert wirklich und wer bestimmt das Leben des Protagonisten? Eine ungewöhnliche Verflechtung aus Fantasy und Krimi hält den Leser über den Verlauf des Buches in Atem und findet in einem spannenden Finale ihre Auflösung.

Buchtrailer, Leseproben und mehr auf:
www.facebook.com/NUR.EIN.ROMAN

ISBN:
Hardcover: 978-3-7323-6956-0
Taschenbuch: 978-3-7323-6955-3
E-Book: 978-3-7323-6957-7

BUCH – Ein metafiktionaler Thriller

In Riccardo Rillis Roman werden die Leser in einen außergewöhnlichen Fall hineingezogen. Nicht allein die Suche nach dem Täter hält den Wiener Kriminalbeamten und die Leser auf Trab, sondern auch ein mysteriöses Buch, das dessen Leben zu schreiben beginnt und ihn an den Rand der Verzweiflung führen soll.

Dem Autor gelingt mit seinem metafiktionalen Thriller ein hochintelligenter Roman, der keine x-beliebige Kriminalgeschichte erzählt, sondern mit ungewöhnlichen Handlungssträngen die Realität und die Wahrnehmung hinterfragt.

„Eine Kriminallektüre, die bis zuletzt zu fesseln vermag."

Buchtrailer, Leseproben und mehr auf:
www.facebook.com/BUCH.Riccardo.Rilli

ISBN:
Hardcover: 978-3-7323-3979-2
Taschenbuch: 978-3-7323-3978-5
E-Book: 978-3-7380-2003-8

Über den Autor:

Riccardo Rilli, 1973 in Wien geboren, widmet sich neben der Schriftstellerei auch der Malerei. Im Brotberuf arbeitet er als Vertragsbediensteter im Bundesdienst. Rilli ist Mitglied der IG-Autoren.

www.rilli.at

Zeitfracht Medien GmbH
Ferdinand-Jühlke-Straße 7
99095 Erfurt, Deutschland
produktsicherheit@kolibri360.de